悲剧人偶

〔日〕**东野圭吾** 著

杨婉蘅 译

北京出版集团公司
北京十月文艺出版社

新经典文化股份有限公司
www.readinglife.com
出　品

悲剧人偶

主要出场人物

竹宫水穗　　　时隔一年半再次回到竹宫家十字大宅

竹宫宗彦　　　竹宫产业社长，前任社长竹宫赖子的丈夫

竹宫佳织　　　宗彦的独生女，水穗的表妹

竹宫静香　　　竹宫产业创始人幸一郎的妻子，赖子的生母

竹宫赖子　　　幸一郎的长女

竹宫琴绘　　　幸一郎的次女，水穗的母亲

近藤和花子　　幸一郎的幺女

近藤胜之　　　和花子的丈夫，竹宫产业董事

青江仁一　　　寄宿在竹宫家的研究生

永岛正章　　　出入于竹宫家的美发师

松崎良则　　　赖子等人的堂兄，竹宫产业董事

三田理惠子　　宗彦的秘书

梅村铃枝　　　竹宫家的女佣

悟净真之介　　寻找小丑人偶的人偶师

小丑人偶　　　悟净父亲制作的人偶，据说会招致悲剧

目 录

小丑人偶视角

从狭小昏暗的箱子里被人拿出来时，出现在我眼前的是一张男人的脸。

男人端详了一番我的身体，满意地点了点头。我不知道是什么令他如此满意。他把我夹在腋下，又把装我的箱子放回原处，接着关灯走出了房间。这里似乎是个储藏室。

他夹着我走上一段狭长的楼梯。楼梯的尽头像是一间休息厅，挂有豪华吊灯。但他并没有在此处停留，而是继续沿楼梯往上走。上面这段楼梯比刚才那段稍宽一些，尽头是一处扇形挑高空间，楼梯口放着一个黑色的小置物架。他轻轻拂去架子上的灰尘，把我放了上去。我的脚底顿时感到一丝凉意。

他稍稍后退几步，仔细看了看我，再次点点头。那目光锐利似锋刃，让我嗅到一丝危险的气息。

他自言自语了些什么，但声音太低，我没有听清。从口型看，他仿佛在说"不错，不错"，不过也有可能是我看错了。把我放好后，他转身离开。

　　现在看来，这个架子就是我的落脚地了。我环顾四周，眼前是铺着深红色地毯的走廊，两旁各有一间屋子相对而望，再往前似乎是阳台，隔着阳台能看到外面的夜色。我又朝反方向看去，另有一条走廊和我眼前的这条交叉着伸向远处。这里的墙壁是深褐色，看起来很稳重，但也透着些阴暗气息。天花板上只亮着几盏小灯，基本起不到照明的作用。

　　如果我的感觉没错，我是两天前来到这里的。东京都内的一家古董店把我送了过来。来到这里后，我被直接丢进了储藏室，连包装都没被拆开过。所以，这是哪里，住了些什么人，我一概不知。

　　这个夜晚真是极为寂静。

　　整栋宅子都被寂静笼罩着。就连刚才那名男子的自言自语，都仿佛被这寂静凝住，始终在我耳边回荡，久久不散。

　　但没多久，这片寂静就被打破了。

　　一阵如野兽嚎叫般的尖叫声突然响起，仿佛有一阵不祥的阴风直直刮过整条狭长的走廊。

　　接着，两条走廊交汇处再远一些的房门打开了。一男一女从房内现身，男子怀里抱着年轻女孩，女孩双臂环抱着男子的脖子。两人都一脸震惊地直直望向我这侧。

　　就在转瞬间，有人突然奔上我眼前的楼梯。那是一个身穿白色睡裙的女人，及肩长发已乱作一团。她来到我面前后，猛然有股强大的力量把我拽到了地毯上。我完全不明白到底发生了什么。我只能躺在地毯上，恍惚中看到那个女人揪着头发，发出浑然不像人类的喊叫，冲向阳台。她打开阳台门的瞬间，一阵凉风吹了进来。

"赖子，你怎么了？"

男子朝她喊道，但女人仿佛完全听不到他的声音。她冲上阳台，毫不迟疑地翻过护栏。

"赖子！"

"妈妈！"

后面的一男一女同时喊了出来，但此时女人已飞落半空。在年轻女孩的尖叫和男子的吼声里，传来女人身体跌落在地的沉闷声音。

第一章

轮　椅

1

二月十日，星期六。

来到宅子门前时，竹宫水穗没有马上按下门铃，而是先缓缓打量了一番竹宫家这座大宅。

这是一栋北欧风格的两层建筑，在白色墙壁的映衬下，深褐色的屋顶更显威严。尽管从正面看不出来，但如果从房子正上方观察，就会发现这是一栋向东西南北四方延伸成十字形的建筑。因此，当地居民都将竹宫家这座宅子称为十字大宅。

水穗不知为何轻叹了一声，从大衣口袋里抽出手，按下门铃。里面很快有了回应，是女佣铃枝的声音。听到是水穗在门外，铃枝立即请她进来。

穿过大门，是一条石板小路。水穗一手拎包，一手插进大衣口袋，任由冷风吹拂着长发，朝前走去。

刚走近玄关，那扇刻着浮雕的厚重房门便像看准了时机一般从内打开。

"水穗小姐，真是好久不见。"铃枝笑容满面地迎了出来。她看起来比过去瘦了些，脸上的皱纹似乎也多了几道，但那挺得笔直的腰板还和往日一样。

"你好，铃枝。大家都还好吧？"

"都还好。看到小姐您气色这么好，我就放心了。"

铃枝弯腰鞠躬时，屋里传来什么东西摩擦地板的声音。水穗向里看去，只见一个上穿黑色毛衣、下着灰色长裙的女孩坐着轮椅迎了过来。女孩有一张标准的日式美丽脸庞，还带着一丝少女的柔弱。水穗知道，她虽然比自己小几岁，但算来今年也有二十岁了。上个月，水穗刚过了二十五岁生日。

"你回来得真快！"轮椅上的女孩兴奋地说道。

"好久不见，你怎么样？"水穗边脱鞋边笑着回应。

"好啊，很好，好到浑身有劲没处使呢。"说着，女孩笑了起来。

女孩名叫佳织，是竹宫家的独生女。她天生腿有残疾，一直坐轮椅。

佳织引着水穗来到客厅，招呼她在沙发上坐下。这里与其说是客厅，不如说是个博物馆，摆放着古董留声机、做工精巧的玩具小屋、连在一起的形状怪异的金属环等物品，还有拼木工艺品。初看起来这些摆设毫无章法，其实每件都是智力玩具。这家主人竹宫宗彦的爱好就是收集此类玩具。

水穗拿起一件智力玩具，外包装上印着"DRAGON"字样。这个玩具产自法国，玩家需要把头盔形状的金属环从另一个环上取下。

"听说二姨今晚不来？真可惜！"佳织语带遗憾。

"她从正月开始就一直把自己关在工作室里。对她来说年节似乎都没什么意义。她就是怪人一个。"水穗边摆弄九连环边苦笑着回答。

"那不才是充满艺术激情的表现吗？真羡慕！要不我也跟二姨学画画吧？"

"还是算了吧。一拿起画笔，她就变成女魔头了。"

水穗的玩笑话让佳织笑出了声。水穗的母亲琴绘是佳织母亲赖子的妹妹。水穗的父亲正彦三年前去世，之后她和母亲就把姓改回了竹宫，生活得逍遥自在。正彦生前是艺术家，琴绘则是日本画画家。

"澳大利亚怎么样？特别好吧？"佳织撒娇地问道。

水穗和佳织都是独生女，水穗一直把佳织当成自己的亲妹妹。

"当然好啊。那里大地广袤，连天空都显得特别辽阔。挺不可思议的。"水穗刚从澳大利亚回国不久。大学毕业后，她换了几份工作，都觉得不够称心，便出国换换心情。

"真好啊，我也想去。"佳织眼神里充满向往，视线不知不觉投向了斜上方，似乎在想象澳大利亚广袤的大地。

看来倒是不需要我担心了。看到佳织精神饱满的样子，水穗稍稍放下了心。

佳织的母亲赖子于去年年底去世。对于身有残疾的佳织来说，无微不至地关爱自己的母亲去世了，必定是近乎跌入人生谷底的打击。水穗原本做好了陪她一同流泪的准备，因为今天正好是赖子七七之期。

"对了，之前我没能赶回来参加葬礼，真是不好意思。"水穗道歉。得知赖子去世的消息时，她还在澳大利亚，由于急事缠身而没能回来参加葬礼。

"没事的，这有什么。"佳织说着挤出不自然的笑容，微微放低了视线，但很快又抬起头，爽朗地说，"要不要喝茶？我前几天头一次喝了苹果茶，特别好喝！"她说着就把轮椅转向另一侧。

"不不，苹果茶一会儿再喝。"水穗抬起右手，"我得先去跟姨父打个招呼，他现在在哪儿？"

"爸爸去扫墓了，跟和花子姨妈他们一起。"

"哦，那外婆也去了？"

"没有，外婆在她的房间里。她说最近有点累，就不去了。现在好像……永岛先生也在。"

水穗稍稍有些诧异，因为提到永岛的名字时，佳织看起来有些迟疑。"那我去见一下外婆吧。不过既然永岛先生在，是不是过会儿再去比较好？"

"没事，应该快结束了。去吧。"

"好。这个九连环还真难啊，真的能解开吗？"水穗已经摆弄了半天，但完全找不到解开的办法。

"我试试。"佳织接过九连环，只几秒钟就轻松解开了。

"真厉害！"水穗佩服地说。

"这算什么，我知道窍门而已。水穗，你喜欢智力玩具、魔术之类的吗？"

"对它们感兴趣。"水穗说道，"姨父有很多这方面的书吧？"

"我也不清楚……下次问问爸爸。"

"嗯，那拜托了。"

"我其实很讨厌智力玩具。"佳织有些不屑地说，"一知道解法就一点意思都没有了，还总想要下一个，就跟毒品似的。"

"姨父就是对这种'毒品'上瘾了吧。"水穗从沙发上起身，望着挂在墙上的巨大拼图说道。拼图的图案是某地的风景。听说佳织的父亲宗彦最近痴迷于拼图。

"就是，太简单的东西都没法满足他了。"佳织正色道，接着又催水穗说，"咱们走吧"。

客厅一角有个一米见方、直通天花板的柱状体，里面其实是一台小型电梯，为了让佳织乘坐轮椅自由上下而建。水穗和佳织一起进入电梯，按下按钮。出了电梯，脚下是铺着长毛地毯的走廊。十字交叉的走廊让久未来此的水穗备感亲切。

建起这栋十字大宅的人，是水穗和佳织的外公——竹宫幸一郎。幸一郎从林业做起，一手打造了后来经营房地产和休闲产业的竹宫产业。他一直以旺盛的精力和健壮的身体为豪，却在一年半前因病去世。

幸一郎没有儿子，只有赖子、琴绘、和花子三个女儿，因此就让赖子招赘，使竹宫家的家业得以延续。这位入赘女婿，就是曾做过幸一郎部下的相马宗彦。

三女儿和花子也与竹宫产业的员工结了婚。水穗的母亲琴绘嫁给了与经商毫不相关的艺术家，但幸一郎并没有反对，他对艺术也有浓厚的兴趣。

身处这栋奇妙的建筑里，周围的一事一物都能让水穗感觉到幸一郎对艺术的兴趣。

水穗和佳织朝北侧走廊走去。途中经过一处楼梯，楼梯旁靠墙放着一个置物架，上面摆着一个高约五十厘米的人偶，造型是站立的少年和他左边的一匹小马，马背上有大红色的马鞍。东侧走廊中间也有一处楼梯，旁边也同样有个架子，上面摆着个陶罐。

走廊两侧各有一个房间，左侧是她们外婆静香的房间。进入房间之前，佳织把轮椅向前推了推，来到阳台上。水穗默默地跟在她后面。

"她就是翻过这个护栏，跳下去的。"佳织摸着护栏说道。

水穗站在她身旁，往下望去。这栋宅子建在斜坡上，因此北侧有三层，最下面一层位于地下，有储藏室和音乐室，还能通到后院。后院铺有草皮，通道则用水泥铺就。北侧阳台正下方就是水泥通道，赖子恐怕就摔在那上面。

"谁也没能拦住她吗？"虽然于事无补，水穗还是忍不住问了出来。

"我实在是无能为力啊。"佳织黯然神伤，接着又深呼吸了一下，强忍悲痛地说道，"当时，我正在房间里和爸爸聊天，突然听到了恐怖的尖叫。爸爸抱起我从房间里出来看是怎么回事，就看到有人飞快地跑上楼梯——"

"是赖子姨妈吗？"

水穗问罢，佳织微微一顿，点点头接着说道："然后她就冲到阳台上，翻身跳了下去。一切都发生在一瞬间。"

"这样啊……我听说，当时其他人都不在家？"

"嗯。大家都出去了，只有我和爸爸在家。爸爸随后就把我放到轮椅上，去后院查看。我就从这里俯瞰妈妈的情况。"佳织紧握着阳台护栏，仿佛陷入回忆，闭上了眼睛，"妈妈就像一片落在地上的白色花瓣。"

水穗再次往下望去。她知道佳织深爱着母亲，想到佳织当时是何等悲痛，她不禁陷入沉默。

"爸爸说，妈妈大概是神经衰弱。"佳织睁开双眼，"工作上的事情让她很紧张……据说晚上总睡不好。"

"嗯……"水穗对赖子十分了解。她虽已听说赖子死于神经衰弱，但至今仍无法相信。

赖子不仅是竹宫家的长女，还是幸一郎三个女儿中最为出色的一个。从小学到高中，都就读于本地知名女子大学的附属学校，成绩始终名列前茅，并考上了一流国立大学的经济系。毕业之后她进入竹宫产业，隶属于营业企划部。在那里，她充分发挥出继承自幸一郎的行动力和创造力，接连做成许多全新的企划。其他员工起初都觉得她不过是靠父亲的关系来混日子的，但渐渐被她的活力带动。

幸一郎本想招一个得力干将做女婿，再把竹宫产业托付给那人。看到赖子如此有才华，他意识到根本没那个必要，直接让赖子继承家业就好，于是决定把赖子培养为下任社长，而女婿则让赖子自由选择。赖子选择的，就是相马宗彦。

赖子是个典型的女强人，但又不是一心只想着工作、不近人情的女人。幸一郎去世后，她继任社长，但心思细腻的作风一点没变。她还喜欢音乐和美术，有着感性的一面。更重要的是，所有人都无比爱戴她。

然而这样的赖子却自杀了，而且死得十分突然，原因竟然是神经衰弱——

"对不起，"佳织落寞地笑了笑，"本来不想说这些的。本想着你来了，我该聊点开心的事情。"

"没什么。"水穗推着佳织离开阳台，走到静香的房间前。

佳织敲了敲门，屋里传来老妇人柔和的声音。见到水穗跟在佳织后面进入房间，坐在安乐椅上的静香难掩惊喜地说道："哎呀，水穗，你什么时候来的？好久不见了！差不多有一年了吧？"静香圆润的脸上满是笑容。她的面颊虽有皱纹，皮肤仍旧光滑白皙，一头银发也和这栋西洋风格的建筑十分相称。

"外公的葬礼之后就没再见过您，有一年半了吧？很久不见，您还好吧？"水穗边说边鞠躬行礼。

"来了就好。别站着了，快坐下。"

水穗依言在地毯上放了个坐垫坐下。房间里有地暖，她的脚下十分暖和。

"水穗是去澳大利亚留学了吧？"在静香身旁收拾箱子的永岛正章问道。永岛在附近开了一家美发店，每月会专门到这里来给静香做几次头发。

"算不上是留学，只是去逍遥了几年而已。"

"那也是很宝贵的经验啊。今后我们都得适应国际化的环境。"永岛点着头说道。如果水穗没记错，永岛应该已经有三十五岁。他肤色微黑，身材修长，肌肉发达，皮肤也显得很有弹性。

"您的头发做好了？"佳织看看静香，又看看永岛，问道。

"好了。"静香摸着头发平静地回答，又说，"永岛先生刚刚教训我来着。"

"我怎么敢教训您！"看到水穗二人露出惊讶之色，永岛赶紧否认，"我只是让夫人注意身体而已。头发和皮肤是能反映健康状况的，我觉得夫人最近有点疲惫——对了，您现在不慢跑了吧？"

听到"慢跑"一词，水穗惊讶地望向静香："外婆，您之前还慢跑吗？"

静香今年应该已经七十岁了。

"一直在跑，只是永岛先生说我一把年纪就不必勉强了。"

"我不是那个意思。我是说为了保持健康，走路比慢跑更好。您每天都散步吧？"

"是啊，不散步的话身体就退化了。"

"那就好。希望您能坚持下去。"

看永岛和静香聊得差不多了，水穗环顾起室内。她小时候经常在这里玩耍，这几年几乎没有来过。墙上挂着很多幸一郎收藏的千奇百怪的古董，有北欧海盗用过的弓弩、江户时代的怀表等。视线转到身后的墙壁时，水穗不禁吓了一跳，一瞬间还以为有人站在那里。定睛一瞧，才发现那是一幅巨大的肖像画，画中人是身着正装的幸一郎，背景似乎就是这栋十字大宅。画中的幸一郎戴着白色手套，双手交叉放在腰前。

"吓了一跳吧？"静香注意到水穗的表情，说，"这幅画本来要挂在公司大堂，但大家都说不好，就放在家里了。"

"你还记得外公的遗言吧？"佳织插话道，"遗言里说去世后要把他的肖像画挂在公司里，爸爸就去定做了这幅画，大概半年前才送到家里来。"

"这样啊……"水穗又看了看那幅画，华丽的画框一直延伸到天花板。把前任社长的肖像画挂在公司大堂里，的确算不上什么好品位。

"这幅画上个月还放在走廊上呢，不过和花子他们都不喜欢，就放到这里来了。但他的遗言就是如此，谁也没办法。其实摆在屋子里也挺吓人的，我都怕半夜人从画里活过来。"

三人都被静香逗笑了。就在这时敲门声响起，水穗打开门，女佣铃枝站在门外。

"有位先生说一定要见一下咱们家的主人，现在就在大门外等候。"铃枝稍稍压低声音，向静香通报。

"哦？宗彦他们还没回来吧？"

"是的，说是扫完墓后要去办点事。"

"好吧，那只有我去见了。是什么人？"

"是，那个……是……"铃枝环视众人一圈，终于说道，"他说自己是人偶师。"

"人偶师？"静香好奇地歪了歪头，"就是制作人偶的？"

"应该是。"

"人偶师来我们家做什么？"

"不清楚。"铃枝也歪头表示不解。

"或许和妈妈有关呢。"佳织说道，"妈妈不是很喜欢收藏古董嘛，是不是这方面的朋友？"

"噢，这倒是有可能。"静香稍稍点了点头，说，"那我就去见见吧。铃枝，麻烦你让那位先生去会客室稍候。"

铃枝答应后便离开了。

由于对人偶师这个行当颇有兴趣，水穗和佳织也决定去见一见。永岛说晚上会再来，随后便先行离开。今天是赖子的七七之日，晚上许多人都会到场。

水穗一行来到会客室时，一名打扮奇特的男子已经在那里等候。他上穿黑色泛绿的上衣，下穿黑色修身长裤，外衣里是一件白衬衫，领口处系着一条用来代替领结的白色长丝带。他看上去年近三十，肤色偏白，身形消瘦，脸庞棱角分明，颇像个西方人，让水穗一下子联想到电影里的吸血鬼。

看到众人进来，男子立刻从沙发上站起，像机器人一样僵硬地鞠了个躬，说："突然打扰各位，实在抱歉。"男子的声音有着金属质感，但并不让人感到不快。他接着说："有件事情必须要告诉各位。我姓悟净，是名人偶师。"

静香接过男子递上的名片，说："悟净先生……您的名字还真是少见。"说着，她把名片递给水穗二人，名片上印着"人偶师 悟净真之介"。"我是这家主人竹宫宗彦的岳母，这两位是我的外孙女。"

水穗和佳织朝悟净点了点头，悟净再次鞠了一躬。

"那您有话就直说吧，"待所有人在沙发上坐定，静香先开了口，"听说您有非常重要的事情要告诉我们。不过我想先告诉您，我们对人偶完全是外行，希望您能理解。"

悟净答道："要理解我说的，完全不需要任何关于人偶的专业知识，"他的语气非常干脆，"只是希望各位不要把我的话当成荒唐的玩笑。虽然有些难以置信，但还是希望各位能听我讲完。"

"听起来好像很吓人。"静香笑着说。

"是的，"悟净严肃地说道，"可以说的确很吓人。"

他的话让水穗倒吸一口凉气，身旁的佳织也不由得挺直了腰。这时，房门被缓缓打开，铃枝走了进来，稍显严肃地把红茶端到每个人面前。

"您家最近买了一个小丑人偶吧？"悟净问道。

"小丑人偶？"静香刚端起茶杯，又停下了手，问，"什么样的小丑人偶？"

"是木制的小丑人偶，戴着黑帽子，穿着白衣服。听东京都内一家古董店的人说，是前一段时间您的某位家人购买的。"

"小丑……"想着想着，静香恍然大悟似的拍了一下手，"就是那个人偶吧，两个月前赖子买的那个。"

"就是那天那个？"佳织蹙眉看着静香，问道。

"没错，就是那天放在走廊架子上的小丑人偶。"

"那天是……"水穗问道。

"就是赖子自杀那天。当时楼梯旁边的架子上放着那个人偶。"

"原来是这样……"水穗不知该说什么好，便沉默下来。

悟净开口问："买下人偶的那位去世了吗？"

"是的，"静香答道，"她自杀了。今天是七七。"

"这样啊……"悟净深深地垂下了头，许久一动不动。他似乎真的为赖子的死悲伤不已，水穗不大理解他为何如此。"看来，我还是来晚了。"他自语般说道。

"来晚了？什么意思？"静香问。

悟净缓缓地摇了摇头，说："那个人偶被称为悲剧小丑，会给每个拥有它的人带来不幸。人偶的上一位主人因交通事故全家身亡，再上一位主人因精神错乱而自杀。还有很多关于人偶的不祥故事，不胜枚举。"他说完来回看了看三人，似是在观察她们的反应。

这番话让宽敞的会客室里的空气骤然紧张，沉默持续了片刻。静香仿佛要缓解这种紧张气氛一般，沉稳地说："哦，原来是悲剧小丑啊……那您打算怎么处置它呢？"

"那个人偶是家父制作的。"悟净说，"家父已经去世，但直到临终时还记挂着那个人偶，说一定要想办法把它拿回来，处理掉。"

"就是说您想把它买回去？"

"是的。当然，我会在您购买的价格之上再加些钱。"

"钱不是问题……您稍等一下，我去把人偶拿来。"说完，静香就离开了会客室。

和两位女士共处一室，悟净也毫不拘束，他仔细欣赏着墙上的画作和屋里的各种摆件。看着看着，他的视线停在窗边的架子上。"那是拼图吧？"

"是的，"佳织答道，"那是家父的爱好。我家很多房间里都有没拼完的拼图。"

水穗也微微站起，望向那幅拼图。拼图的画面十分奇特，是一位老奶奶坐在鹅背上飞翔。拼图已快完成，只剩下蓝天的部分尚未拼完。

"这是鹅妈妈拼图吧，这个画面也许出自某个绘本。"悟净好像明白了什么，说完又坐回沙发上。

"说到那个小丑人偶，"水穗对佳织说，"刚才我看楼梯旁架子上放的好像是少年和小马人偶。"

"是的。妈妈出事后，外婆说那个小丑人偶太吓人，就把它收起来了。其实那个架子上一直放着少年和小马人偶，只有那天摆的是那个没怎么见过的小丑人偶。所以，就像悟净先生刚才说的，真让人不得不认为是人偶招来了厄运。"

"虽然听上去有些不可思议，"悟净说道，"但那个人偶真的有这种力量。"

悟净的声音沉重至极，水穗不禁看了看他。他也用褐色的眸子直直地看向水穗，点了两次头。

在一片沉默中，静香回来了。她抱着个箱子在沙发上坐下，打开箱盖，里面有个玻璃罩。她将玻璃罩端出放在桌上，随后打开了玻璃罩。

"就是它。"悟净点头说，"它就是悲剧小丑。"

小丑人偶的外形和悟净刚才描述的一模一样，黑帽子，白衣服，还有一脸略显诡异的伤感表情。

"这个人偶当时摆在走廊上吗？"水穗问。

静香点头说："刚好只有那天摆在那里。"

"真的吗？为什么偏偏是那天呢？"

"听说是宗彦摆在那儿的。"

"姨父摆的？"

"是。说这是赖子特地买回来的，就摆在那儿让她开开心。但发生了那件事情之后，就一直收在我房里。"

悟净把玻璃罩拿在手上，听着水穗和静香的交谈。听罢，他把玻璃罩放回桌上，问道："能否允许我把它买回去？"

他的神情十分严肃，但静香稍一偏头，说："很抱歉，现在无法马上给您答复。这是我女儿买的，她已经去世，得问她先生同不同意。"

"那么请问这位先生何时回来？届时我再来拜访。"

"今晚应该会回来。但今晚客人多，不方便。我会把情况转告他，请您明天再来吧。"

"明天啊……"悟净咬着嘴唇，低头盯着在桌面上交叉的双手。看着他这副样子，水穗觉得他或许真的相信小丑人偶会带来厄运。"好的，那我明日再登门拜访。"

"真不好意思。"静香说。

"哪里。您能抽空听我讲这么突兀的一席话，已经感激之至。"

悟净站起身，披上放在一旁的黑色大衣。大衣下摆飘舞起来，让水穗再次联想到吸血鬼。

离开会客室时，静香叫来铃枝，吩咐她把小丑人偶放到地下室。

水穗则和静香、佳织一起送悟净离开。他似乎对这栋十字形的建筑很有兴趣，但并没有说什么。

"愿这里只有幸福降临。"悟净在玄关和静香握手道别时说。

"谢谢。也祝您幸福。"

"那么，明天再见。"

说罢，悟净离开了十字大宅。

小丑人偶视角

我好像沉睡了四十九天之久。

身穿白色睡裙的女人跳下阳台后，马上就有人把我拾了起来。那人的身体挡住了我的视线，我看不到任何东西，也不清楚他是谁。我原本担心自己的安全，结果什么都没发生，我只是被再次扔到了地毯上。我就那样一直躺在地上，眼前是那个女人一跃而下的阳台。

片刻后，我听到有声音渐渐靠近。定睛看去，只见一个坐轮椅的女孩从我身旁经过。她看上去魂不守舍，动作呆滞。

坐轮椅的女孩前行到阳台，向下望了望便开始大声哭泣。许久，几个男人的声音传来，她才停止哭泣。这几个男人似乎是从楼梯上来的，不过我并没有看见。他们又是跑到阳台上查看，又是询问女孩一些不近人情的问题，一番折腾后，又全部散去。坐轮椅的女孩也不见了踪影。这段时间里，谁都没有把我拾起来。

又过了很长时间，我再次听到说话声。这次是两个女人的声音。一个声音属于坐轮椅的女孩，另一个声音听起来上了年纪。

"佳织，不管怎么样，你要回房间休息。"上了年纪的女人对坐轮椅的女孩说道。我这才知道原来她叫佳织。

"可是，现在这个样子……"佳织的声音有些颤抖。

"我明白。"上了年纪的女人长长地叹了口气，"但现在什么办法都没有。来吧，到我房间里休息吧。"

轮椅前行的声音传来。那声音来到我耳边时，停了下来。

我终于被人拾了起来。拾起我的是一位满头银发、气质高贵的妇人。

"以前没见过这个人偶啊。"她说道。

佳织也点头说："不知道什么时候放在这里的。"

"是吗……这人偶怪吓人的。"老妇人歪了歪头，伸手架住我的身体，说，"怪碍事的，收起来吧。再换个别的。"

她把我拿回房间，又从储藏室里拿来箱子和玻璃罩，把我塞进壁柜的最里面。在玻璃罩里我听不到外面的任何动静。

再次外出就是刚才。我被带到像是会客室的地方，没想到悟净居然在那里。这家伙，又来找我了。

悟净回去后，女佣把我带到了地下室。我本以为还会被放到储藏室里，但这次不是。女佣打开储藏室对面的房门，里面是装修精美的音乐室。屋里有一个兼用作唱片架的柜子，柜子下方是抽屉，其上则有个放了几十盘磁带的箱子。箱子上立着一个拼图盒子，盒面上画的是趾高气扬的拿破仑。我就被放在箱子前，拿破仑刚好从正后方俯视着我。

女佣把我留在这里，关上灯，转身离开。

2

傍晚，宗彦等人回来时，水穗正在客厅里和佳织聊天。

"好久不见啊，水穗你可越来越漂亮了。"宗彦难得地开了个玩笑，坐到两人对面。

水穗露出笑容，向他与和花子一行人问好。

宗彦曾罹患肠胃疾病，所以十分消瘦，面色也不大好，颧骨突出，眼眶下陷。赖子死后他接手了公司，但他那过于神经质的形象与一家大企业社长的身份实在不大相符。他自己对此似乎也很在意，于是蓄起胡子，戴上金丝边眼睛，试图掩盖自己的羸弱。

而与他相反，看起来派头十足的，是和花子的丈夫近藤胜之。他个子虽然不高，但或许是年轻时练过柔道的缘故，他的肩膀宽厚，体态结实，脸庞宽大，满面油光，给人精力充沛的印象。

"听说你去澳大利亚了？那儿的男人都很热情吧？水穗你这

么漂亮，一定总被他们缠着吧？"说着，胜之哈哈大笑起来。水穗早就发现，这位姨父的眼睛从一开始就总瞥向自己的大腿。今天她穿的是一条深棕色紧身连衣短裙。

"哪里，他们可比日本人绅士得多。"水穗语带讥讽地回答，边说边夸张地换了下腿。

和花子微笑着默默听他们谈话。她个子有些矮，长得也没什么特点，但仍算得上一位日式美女。这点和赖子、佳织都一样。幸一郎的三个女儿当中，只有水穗的母亲琴绘长得有些异域风情，水穗也遗传了母亲这点。

除了宗彦等人，一行人里还有一个水穗不认识的人，是一名穿着套装的年轻女子。说年轻，看上去也已三十出头。她像是要展示自己的身材一般昂首挺胸，上挑的眼尾和直直的鼻梁让人联想到冷酷的猫。宗彦介绍说女子名叫三田理惠子，是他的秘书。"请多多关照。"她像模特一样挺直身体，鞠躬致意，低沉的声音充满魅力。

"那我们就先回房休息一下吧。"

宗彦说着站起了身，近藤夫妇也朝楼梯走去。三田理惠子也理所当然地跟在他们后面。

"她以爸爸的妻子自居呢。"目送他们离开后，佳织罕见地用厌恶的语气说道。她似乎在说理惠子。

"那个秘书？"水穗问道。

"是啊。妈妈尸骨未寒，他们竟然就……实在太无情了。"佳织垂下头，紧咬嘴唇。她很少露出这样的表情。

水穗对于宗彦的花心也多少有所耳闻。一直以来他身边总是女人不断，看来现在就是那个女秘书了。"姨妈知道吗？"水穗压低声音问道。

"当然知道。"佳织回答，"她原本是妈妈的秘书。"

"姨妈的秘书？"

"妈妈装作不知道而已，但其实心里都明白。我能看出来。"

"这样啊……"水穗想起回来前母亲琴绘跟她说的话。琴绘这次之所以不回来，除了工作缠身之外，还有一个原因就是不想见到宗彦。

"她啊，绝不是个随随便便就会绝望、神经衰弱的人。"琴绘边对着画布挥动画笔，边强压怒火说道。"她"指的自然是赖子。"居然会自杀……肯定是碰上了什么特别惨的事情。那个家伙，看起来软弱不堪，其实冷酷得很。"

"您说宗彦姨父吗？"

听到水穗这么问，琴绘的运笔稍稍一乱。或许女儿称呼那个她憎恨的男人为"姨父"，让她有些不快。琴绘扭头盯着水穗说："水穗，等你到了十字大宅，要好好查一查到底发生了什么，弄明白你赖子姨妈是怎么被逼上绝路的。"

"查一查……但就算弄明白了，妈妈准备怎么办呢？"

琴绘转头轻叹一声："不知道。但现在这样，我总咽不下这口气。"

回想母亲咬牙切齿的样子，水穗不禁倒吸一口凉气。到底是什么事情把赖子姨妈逼上绝路……是像刚才佳织说的那样，因为宗彦姨父出轨屡教不改吗？

水穗回忆琴绘那阴郁的表情时，佳织仿佛猜到她在想什么一样，自言自语道："大家都恨我爸爸，因为大家都爱戴我妈妈。但是，已经没人敢正面反对他了，现在他才是一家之主。"

"佳织，那你也恨他吗？"水穗问。

佳织手顶着额头，痛苦地皱着眉，又抬起头说："我讨厌他，非常讨厌，已经变得非常讨厌了。"

青江仁一是在晚餐开始前不久，水穗在佳织的房间里休息时回来的。听到敲门声后，佳织刚应了一声，房门就缓缓打开了。

"原来是我的竞争对手回来了啊。"青江的声音干巴巴的，"自从听说你要回来，她那个兴奋的样子你可想象不到。那表情要能分一半给我也好啊。"这最后一句话是说给佳织的，说完他就径直走进了房间。

"你说什么呢！"佳织生气地说。

"事实如此嘛。"青江丝毫不为所动。

上次见到青江还是一年半前，水穗觉得他一点也没变。"研究生读得如何？"水穗问道。

"没什么特别的，每天都平淡无奇。我学的虽然是化学，但全是在对社会毫无贡献的研究上浪费时间和金钱。"

"听说你今年就该毕业了？"

"是的，安安稳稳地也算读完了。工作好歹也找到了，剩下的就是找到一个称心如意的伴侣，人生游戏就完成一大半了。"

说着，青江意味深长地望向佳织，但佳织装作没有看见。

青江仁一从上大学时就开始在这里寄宿，这是水穗她们的外公幸一郎批准的。青江的爷爷是幸一郎的朋友，战时曾帮过幸一郎。不幸的是，青江的双亲因车祸身亡，爷爷也已去世。幸一郎曾在青江爷爷生前许下承诺，直到青江研究生毕业为止，都由竹宫家来照顾他的生活。现在则由静香继续履行当年的承诺。

当然，幸一郎并不仅仅因为青江是恩人之后而照顾他，还十分看好他。在青江刚开始来竹宫家寄宿时，幸一郎曾和水穗聊过，说："仁一可是个聪明人，关键时刻也非常冷静，不愧是让我那朋友青江引以为豪的孩子。虽然现在还为时过早，但是可以考虑把佳织嫁给他。我不在乎什么门当户对。"水穗记得幸一郎就是这么说的。

水穗和青江见过几次。他不仅不介意佳织腿有残疾，还对佳织爱慕有加，更勇于表达情感，这让水穗对他颇有好感，另外他还有着高雅的气质，然而佳织似乎并不喜欢他。

青江离开后，水穗问佳织："你很讨厌他吗？"

"算不上讨厌。"佳织有点不知如何说起的样子，"从女孩子的角度来说……就算对于身体不像我这样的正常人，他也算是个理想的伴侣。所以以我的情况，也许应该觉得有这么一个男人这样对我，就是种幸福吧。可是……"说到这里，她顿了一下，接着说道："可我从他身上怎么也感觉不到人情味，他从来不会把自己的真实想法和情感表露出来。你觉得这个年纪的男人该是这样吗？"

"总是多愁善感的男人也很讨厌吧。"水穗真是这么想的，这样的男人太多了。

"但那样更真实啊。他就跟一台机器似的。"

"外公很喜欢他，还说想让他学习怎么执掌大企业。"

"外公是很喜欢他，可我妈妈很讨厌他。"

"真的吗？"

"是啊，大概跟我对他的印象一样吧。我爸爸也刻意避开他。"

"为什么？"水穗问道。

佳织抬手点了点太阳穴："因为他太聪明了，我爸爸害怕他的头脑。和外公正相反，我爸爸把我嫁给谁都不会嫁给青江。"

水穗似乎可以理解。据说青江从大学开始，成绩基本上都是第一，读研究生后还多次在国外发表论文。身边有个太过聪明的人，对于宗彦这种人来说或许的确是种威胁。"看来青江需要先博得宗彦姨父的欢心了？"

"话是这么说，可我觉得不可能。"佳织的语气很是淡漠，好像这个话题与她全然无关。

"佳织你呢？如果青江不行，你想找个什么样的人呢？"

听到水穗的问题，佳织目光闪烁，有些慌张，接着又故作轻松地耸了耸肩，说："我一辈子都不会结婚，就在这里享受单身生活了。"

但下个瞬间，她脸上浮出一丝遐想的表情，这一切没有逃过水穗的眼睛。

晚餐于六点开始。

餐桌上摆着日式和西式的美味佳肴，与竹宫家关系密切的众人围桌而坐。

餐桌是晚宴专用的长条桌，宗彦坐在上座。三田理惠子并不在场，水穗问铃枝怎么回事，铃枝说理惠子大约一个小时前回家了。

"今天是赖子夫人的七七，她大概也觉得应该回避吧。"

铃枝语气温和，但话里话外透着股嘲讽。她已在竹宫家工作了几十年，看着赖子从小女孩长成大姑娘。和宗彦相比，她和这个家的关系更为密切。想到这些，水穗也就瞬间明白她对宗彦和三田理惠子抱有什么样的看法了。

铃枝开始默默地上菜。

和往常一样，负责活跃气氛的是胜之。他单手拿着酒杯，大声谈笑着，话题从高尔夫说到他在国外的失败经历。他的话拯救了因赖子七七而阴郁的气氛，但他可能只是想在席间掌握主导权而已。

陪他聊天的宗彦嘴角带着浅笑，有一搭没一搭地点着头。在水穗看来，宗彦的神情就好像在说"这种麻烦的亲戚往来上的主导权，都交给你也无妨"。

除了宗彦，还有一人也在听胜之高谈阔论。那是一名身材矮小、体态微胖的男子，名叫松崎良则。跟强势的胜之不同，他眼角下垂，看起来十分和善。

"松崎堂舅还是老样子啊。"水穗对身旁的佳织耳语道，"总是笑眯眯的，不爱出风头。"

"但他也太老好人了，"佳织也低声说，"总是躲在近藤姨父后面，听说在公司里也很不起眼。"

"那倒是。"水穗说着又看了看这位矮胖的堂舅。

松崎良则的父亲是竹宫幸一郎的哥哥，也是幸一郎创建公司时的搭档。但他的父亲年纪轻轻就意外身亡，之后他就改随了母姓。他比宗彦大三岁，在公司里位居董事。

在距三个男人稍远的地方，和花子正跟静香愉快地交谈着。坐在静香旁边倾听两人谈话的是永岛，他还时不时地加入水穗他们的谈话中。

"我一直想问，"坐在水穗对面的青江仁一轻轻戳了戳永岛的胳膊，"永岛你为什么不结婚呢？你一定有很多机会吧？"

永岛险些被嘴里的饭噎着，赶紧灌了一口啤酒，说："你这突然一问真是吓我一跳。你对别人的这些事情不是不感兴趣吗？"

"怎么会不感兴趣呢？当然，也因为是你我才更有兴趣，你不结婚有什么原因吗？"

"没什么原因，"永岛苦笑道，"只是找不到合适的对象而已，况且我也没时间。如果有合适的人，我也很想马上结婚。"

"你这么说我就放心了。"

"放心？什么意思？"永岛挪了挪椅子，面朝青江说道，"而且你刚才说因为是我的事情才更有兴趣，这不是很奇怪吗？我结不结婚关你什么事？"

青江举起葡萄酒杯，微笑道："都是我个人的原因。在我很珍视的女士身旁，如果总有个魅力四射的单身男士，总不是什么值得高兴的情况。"

"青江！"一直一言不发的佳织忍不住开了口，"请不要胡说，这对永岛先生太无礼了。"

永岛来回看了看佳织和青江，不一会儿大声笑道："你可真有意思，把我都当成情敌吗？你这样对佳织小姐也太无礼了吧？"

"怎么会呢？对吧，佳织小姐？"

佳织瞪了青江一眼，但他满不在乎地说："当然，永岛先生和佳织小姐在法律上到底能不能结婚还不清楚。按照日本的法律，直系血亲或三代以内旁系血亲是不能结婚的。"

"青江！"这次换水穗狠狠瞪了青江一眼，接着她又偷偷瞄向静香。青江的话可能伤害很多人，不过静香似乎没听到他们的谈话。"你说得太多了。"她小声忠告。

但青江丝毫不在意自己触及了禁区，耸了耸肩，接着说："当然了，相思或者爱慕什么的，法律就管不了了。从这个意义上来说，我只是想快点把她从那种无聊的世界里拯救出来而已。"说着，青江清澈的眼睛突然对准水穗："我也希望水穗小姐能早点解决终身大事。"

"莫名其妙！"佳织重重地说，"永岛先生，水穗，不用理他！

他还以为我仍然是个爱做梦的小女孩吗？"

"本质上，就是这样。"青江说。他虽面带笑容，但语气严肃。水穗不禁暗暗吃惊。"你恐怕还没意识到自己还没有从小女孩的状态中蜕变出来，希望你尽快醒悟，早日蜕掉那层外壳。"

"你想说的就是这些？"

"是的。"

"那就多谢忠告，但我就不劳你费心了。"

佳织语气强硬，青江听后眨了几下眼睛，又露出笑容。水穗还是从他的神态里捕捉到了一丝转瞬即逝的狼狈。

晚餐后，宗彦吩咐铃枝把酒拿到会客室，便先起身离开了。胜之和松崎也跟着去了会客室，和花子去了静香的房间。宴席就这么自然而然地结束了。

水穗坐在客厅的沙发上，边喝茶边继续和佳织等人聊天。青江一边摆弄着宗彦收藏的拼图，一边时不时插几句话，一旦佳织准备做什么，他就会主动推轮椅或者抢先拿来她想要的东西，无比殷勤。只是佳织似乎还对他刚才的话十分不满，对他的示好举动视若无睹。

几人聊着聊着就过了十一点。铃枝进来告知床已经铺好，随时可以休息。水穗的房间在佳织的对面，永岛的房间在宗彦的对面。

"今天您不用担心。"铃枝说着冲永岛笑了笑。

"什么意思？什么不用担心？"水穗问道。

"是我太不小心了。"佳织插话说，"四天前，永岛先生也在宅子里留宿。睡前我在永岛先生的房间里和他聊天，不小心打翻了床边的花瓶，把整张床都弄湿了。"

"没有，是我欠考虑，不应该把花瓶摆在那里。"铃枝说道。

"于是我说请永岛先生去我爸爸的房间休息……那天爸爸在音乐室里睡着了。"

"是啊，当时很难办。"

"那永岛先生最后怎么办了？"水穗问。

"没怎么办，就那么睡了。床稍微湿一点也不是问题。"

"总之今晚不用担心，我已经把花瓶收好了。"铃枝笑着说道。

"伯父他们在会客室干什么呢？"青江有些扫兴地问铃枝。

"老爷在玩智力游戏，胜之先生和松崎先生陪着他。"

"真苦了他们俩。"青江撇了撇嘴。

众人随后都上了二楼。如铃枝所说，水穗的房间在佳织的对面，是个西式房间，面积大概在十叠①以上，有床、写字台，还有简易的桌椅，房间一角还有一个淋浴间。

"永岛先生经常在这里留宿吗？"水穗想起刚才的对话，便问一同来到房间的佳织。

"也不算经常吧。"佳织说着摆弄了一下头发，又观察着水穗的神色，"晚餐时青江的话你可别往心里去。"

"青江的话？噢，那个啊……"

---

①日本计量房屋面积大小的单位，1叠约为1.62平方米。

"他喝醉了，胡说八道。"

"我才不在乎。"水穗微笑道，"倒是佳织你太认真了，当作没听到不就好了？"

只见佳织低头摸着指尖说："青江曾经问过他为什么不结婚。"

"他？"水穗正要解开后背上连衣裙的纽扣，听到佳织的话不由得停下来，问道，"他，是永岛先生吗？"

佳织轻轻点点头，又舔了舔嘴唇，咽了口唾沫，开口道："永岛先生喜欢我妈妈，直到现在还忘不了她——青江是这么说的。"

"喜欢姨妈？"

"是的。"

这的确令人意外。"青江为什么会这样想？"

"不光是青江，常来我们家的人多少都能察觉到一些。其实不用他说，我也早就知道。永岛先生看向我妈妈的视线总是深情款款。他只是不敢说出口而已，因为对他来说，我妈妈是他同父异母的姐姐。"

"佳织！"水穗语带责备地制止她。

"对不起，"佳织小声道歉，"我本来不想说这些。"

水穗脱下连衣裙，披上睡袍，坐到一旁的椅子上，跷起腿望着佳织说："那现在你是在刻意压抑自己的感情了？压抑你对永岛先生的感情。"

佳织听完猛地摇头，严厉地说："你别这样说！"她的语气十分强硬，水穗的身体不禁一颤。

"唉，我太差劲了。"佳织又轻声道歉，声音低得几不可闻，"简直像个歇斯底里的更年期女人，太丢人了。"

"今天早点睡吧，我扶你上床。"水穗起身道。

"好，我的确有点头疼。水穗，你没有烦我吧？"

"没有，今天很开心，明天咱们再聊。"

"嗯，明天见。"

水穗把佳织送回房间并扶上床，随后回到自己的房间。她锁上门，躺在床上长舒一口气。

初恋……

和佳织的交谈，让水穗想起这个令人怀念的词语。佳织在恋爱是毋庸置疑的，但就像青江所说，那是一场永远不会有结果的爱恋。

永岛大约从十年前开始频繁出入竹宫家，起初是幸一郎叫他到家里给自己理发。水穗当时很好奇这个人是谁，但家里有种谁都不能开口问起的默契，她便什么也没问。

渐渐地，水穗从母亲那里听说，永岛是幸一郎和情妇的孩子。当然，这些静香都知道，她与幸一郎免不了有些争执。但随着大家渐渐对永岛的人品有所了解，静香也就不再反对他出入家中。也许静香认为，就算幸一郎的所作所为无法容忍，永岛本人并没有任何责任。

当时还在一家小发廊打工的永岛，慢慢地也开始为静香做头发。他的手艺的确不错，自然而然地，他也成了佳织的专职美发师。

　　佳织会对永岛抱有好感，或许也是顺理成章。然而残酷的是，佳织迟来的初恋注定不会开花结果。

　　水穗洗完澡，做了简单的护理后便上床休息。墙上的挂钟显示已过了十二点。看着挂钟上古朴的装饰，水穗不由想起了白天那位怪异人偶师的话——那个小丑人偶会给每个拥有它的人带来不幸……

　　"怎么可能。"水穗边自言自语，边关上了枕边的灯。

小丑人偶视角

门突然开了，接着，有人打开了灯，我的世界充满光亮。我认识这个走进来的人，如果没记错，他应该叫宗彦。他戴着金丝边眼镜，蓄着胡须，身穿泛着金色的睡袍，严严实实地戴着睡袍上的帽子。他在我面前蹲下，似乎在找什么东西。我下面就是唱片架，他应该是在找想听的唱片。

过了一会儿，他好像找到了。只见他拿着唱片走近唱片机，打开一旁的小台灯，小心翼翼地把唱针放到唱片上。

他站在唱片机前，盯着唱片悠悠转动。站了片刻，他似乎看腻了，便转身离开。

在音响和音频器材中间，有一张看上去十分舒适的沙发。宗彦并没有立刻坐到沙发上，而是回到门口又把灯关上了。在这间宽敞的音乐室里，只有唱片机旁的小台灯发出微弱的光。

宗彦露出心满意足的表情，调了调功放的旋钮，四肢舒展地深深陷进沙发里，缓缓地闭上眼睛。

就这样过了几分钟。这段时间里，宗彦一动不动，只有胸脯在有规律地上下起伏。看来他是睡着了。

就在我这么想的时候，门突然开了一道缝。台灯的光被唱片架和沙发遮挡，照不到门口。房间里几乎漆黑一片，不过我还是能借着微光看到一点。

门微微开了一道缝之后，不一会儿就被缓缓地打开了。一个黑影迅速闪了进来。黑影进来后马上压低身形，一动不动，似乎在观察宗彦的动静。

宗彦还是纹丝不动，姿势也没有任何变化。

黑影也意识到他睡着了，开始在黑暗中缓缓行动起来。黑影屏住呼吸，尽可能不发出声音。渐渐地，黑影开始朝我这边移动，并在我所在的唱片架前蹲了下来。

这个黑影到底是来干什么的？蹲在这里想做什么？我刚开始琢磨，事态忽然发生了变化。一直睡着的宗彦突然抬起了头。他似乎察觉到室内的异响，敏捷地从沙发上起身，回头看向这边，与方才的状态全然不同。

宗彦似乎发现了那个藏在暗处的黑影，他大张着嘴猛扑过来。架子上的我感受到一股猛烈的撞击，接着就看到两个人影在我眼前扭打成一团。宗彦那金色的睡袍镶边时不时地反射出一丝淡淡的光线。

两人扭打了一会儿，突然像暂停的录像画面一样，一切动作都停了下来。其中一方缓缓地瘫在地上，另一方则站起身来。此时，我已能清楚地看到许多细节。

倒在地上的是宗彦。他趴在地上一动不动，那姿势像是他捅到了自己的右腹部。睡袍的帽子遮住了他的脸，我想他现在一定面无血色。

站在宗彦旁边的是入侵者。他呆立了几秒，又踉跄地后退几步，撞上我所在的唱片架。只听上方一阵响动，有东西掉在我的玻璃罩上。是那个拼图盒子。盒子半开着，里面的拼图片接连掉落在地。

入侵者似乎突然回过神来，绕过尸体走到门口，猛地关上门逃了出去。关门带来的气流，让我上方勉强保持着平衡的拼图盒盖滑落到我眼前。

我一声叹息。

看来，我的主人又死了。而且，我又什么都看不见了。

3

水穂不知为何在夜里忽然醒来，之后便难以入睡，索性坐了起来。或许是屋里暖气太足，她微微出了一层汗，于是她打开窗户，深吸一口外面冰凉的空气。

整栋宅子一片寂静。

她刚准备关上窗户，突然发现斜对面房间的窗户亮起了微光。那里应该是宗彦的房间，难道他打开了台灯？

不一会儿那光亮就熄灭了。水穂边想宗彦是不是也睡不着，边关上了窗户。

她在床上看了会儿书，已经完全清醒，睡意全无。她便再次下床，披上睡袍，想去拿听啤酒喝。

她走出房间，来到铺着地毯的走廊。四下里悄无声息。下楼的时候，她看到了架子上的人偶，是那个少年和小马人偶。她暗自庆幸这里没有摆着小丑人偶，否则深更半夜看到那诡异的人偶，可不是什么愉快的事情。

咦？那是什么？就在把视线从人偶身上移开的那一刻，水穗发现架子上有个小东西闪了一下。拿起来一看，是一枚纽扣，不知是谁的衣服上掉下来的。

怎么会放在这儿呢？水穗有些不知所措，最后还是决定把它放回架子上。她觉得明天铃枝应该能看到。

她走下楼梯，来到厨房，从冰箱里拿出一听啤酒，又回到房间。她一边喝酒一边看了一眼时钟。

此时正好是凌晨三点整。

第 二 章

音乐室

1

二月十一日，星期日。

听到尖叫时，水穗还在被窝里。半夜醒来后她就没有睡好，半睡半醒中天就亮了。

水穗看了看表，已经是早晨七点多。她爬起身，迅速穿好衣服出了房间。佳织刚好坐着轮椅从走廊经过，水穗从她身后说声"早上好"后，问道："刚才是什么声音？"

"应该是铃枝吧。"佳织不安地答道，"出什么事了？"

"赶紧去看看吧。"

水穗和佳织乘坐电梯下了楼，几乎所有人都聚在客厅里，青江、静香、永岛……还有近藤夫妇。他们站成扇形，视线都对着中间的铃枝。她似乎刚从地下室跑上来，面色惨白如蜡，身体僵硬得仿佛被魔鬼附身。

"老爷他……"她颤抖的嘴唇发出近乎凝固的声音，"老爷他……死了！"

这句话仿佛立刻让时间停滞。谁都没有说话,个个呆若木鸡。

第一个反应过来的是胜之,他推开铃枝,用和他那壮硕身躯毫不相称的敏捷身手冲下楼梯。永岛和青江也跟了下去。水穗跟在他们身后,只听佳织在后面带着哭腔说道:"怎么会……"

音乐室的门半开着。胜之、永岛等人先行走进,水穗也跟了进去。一看屋里的情形,水穗吓得立刻伸手捂住了嘴,永岛等人一时也说不出话来。

"怎么回事?这到底是怎么回事……"胜之好不容易才挤出声来,其他人无言以对。不一会儿和花子也下来了,她只看了一眼,便吓得尖叫起来。

宗彦倒在房间一角的唱片架前。他上半身趴在地上,腰部以下则微微朝向侧面,睡袍的右腹部已被鲜血染红。片片拼图仿佛装饰般散落在他身上和四周,看来是放在架子上的拼图掉了下来。装拼图的盒子也落在地上,只有盒盖还留在磁带箱子前。那里放着小丑人偶,盒盖就是扣在了人偶的玻璃罩上才没掉下来,上面写有"拿破仑肖像"字样。

宗彦的死状已经够骇人了,但令众人震惊的还不止这个。除了宗彦的尸体,屋里竟然还有一具尸体。那具尸体胸口插着一把匕首,姿势看上去像蹲在宗彦旁边。

"怎么回事?"胜之又说了一遍,接着又问道,"三田理惠子怎么会死在这里?"

警察搜查地下室时,水穗等人都待在会客室。胜之跟和花子并排坐在沙发上，水穗、永岛和青江坐在他们对面。佳织把轮椅挪到水穗身边。佳织刚才的脸色白得发青，现在总算恢复了一点血色。松崎则稍稍远离众人，站在窗边的架子旁。那里放着宗彦拼了一半的鹅妈妈拼图。他低着头，无所事事地摆弄着拼图。

一时间没人出声。人人有话想说，但都不知如何开口，只得沉默。

水穗回忆起昨天中午来到这个房间时的情形，就是在这里见到了人偶师悟净。水穗不由想起他所说的小丑人偶那不祥之兆。

离开音乐室时，拼图盒盖仍旧挂在小丑人偶的玻璃罩上。水穗没有取下，她有点不敢看人偶那诡异的表情。

对了，那个人偶师似乎今天还要来，只是现在无暇去理会什么人偶的所有权了。

如果悟净知道发生了什么，会作何反应呢？水穗一时间陷入这不合时宜的想象中。

"要花这么长时间啊。"首先开口的依旧是胜之，看到大家把视线转向自己，他又解释道，"我是说警方的问讯，要这么长时间吗？"

现在应该是静香和发现尸体的铃枝在接受问讯。

"因为死者的身份地位高嘛。"青江坐在沙发上跷着腿，煞有介事地说，"今天是周日，没有晚报，但明天的晨报一定会用大标题着重报道。一旦引发社会关注，警方就会更想早点破案，所以从一开始就会彻底调查。像这种案子，据说初期调查最重要，问讯的时候也一定会事无巨细全部审问。"

"那到底会问什么？"松崎停下摆弄拼图的手，不安地点了支烟。众人里只有他和胜之抽烟，但仅仅他们二人吐出的烟雾，便足以让房间蒙上一层阴影。

"应该是人际关系和伯父最近的言行吧。"又是青江开了口，他接着说，"松崎先生大概会被问及公司里的情况，比如最近是否有异常情况，以及昨晚的行踪。"

"昨晚的行踪？"胜之不解地问，"是社长的，还是……"

"当然是我们各自的行踪了，这还用说吗？他们会审问每个人，仔细分析有没有互相矛盾之处，如果有任何异常行动，一定会被刨根问底。这就是警察的查案方法。当然，不管怎样，说真话就对了，只要没做什么亏心事。"青江边说边环视众人。

"你这么说，好像我们当中有人杀了他们俩一样。"胜之绷着脸，直直地盯着青江说。

"我可没这么说，只是说警察会考虑所有可能性。"

"你不是也去音乐室看了吗？真相一目了然。社长是被三田理惠子杀的，然后她又自杀了。这是一起殉情案。"胜之把所想说出来后，似乎更坚定了自己的观点，连连点头。

"殉情？在这个年代吗？您有什么根据？"青江语带嘲讽。

胜之有些气恼，说："现场情况不是很明显吗？社长侧腹被捅，三田又用同一把刀插进自己的胸口。"

青江听了摇摇头，仿佛认为这是无稽之谈。他说："这种程度的伪装太容易了，粗制滥造的推理剧里比比皆是，而且，动机是什么？"

"不能说没有动机，他们俩……有很多事情。"或许是考虑到佳织的感受，胜之没有明说，用咳嗽掩盖了过去。

"但这并不是决定性证据。"

"话虽如此，但我想这是最有可能的情况了。"

"有没有什么被偷走？"永岛试探着插话。在水穗看来，与其说他是在表达自己的想法，不如说是为了缓和两人对话里的火药味。胜之和青江都望向他，他舔了舔嘴唇，接着说："我是说，有没有可能是入室盗窃杀人……"

"我觉得这种可能性比较大，不过得先看看门窗有没有关好再说。"

听到青江同意永岛的观点，胜之不高兴地吐出烟雾。

"可是……"松崎小心翼翼地开口，"为什么三田会在那里呢？昨晚她应该已经回去了啊。"

"肯定是宗彦叫她来的。"一直沉默不语的和花子淡淡地说。她从不叫宗彦姐夫。

"社长叫她来？大半夜的？"胜之问道。

和花子垂下头，但又点了点头说："她的公寓离这里不远。宗彦时不时会叫她过来。"

"叫她过来……来家里？"

"是啊。他让三田从后门进来，两人在音乐室里见面，有时还一起待到第二天早上……"仿佛为了压制激动的情绪，她咽了口唾沫，继续说道，"我听铃枝说，有时大清早会发现三田的车在车库里。还以为昨天是赖子的七七，他会收敛些。"

"现在先不说这些了。"胜之对她使了个眼色，瞥了一眼角落里的佳织。佳织双手合拢放在膝盖上，一动不动。

水穗再次意识到宗彦的所作所为相当肆无忌惮。母亲琴绘说过，幸一郎死后，宗彦就有出轨行为。看来赖子死后，他更加恣意妄为了。

过了一会儿，静香回来了，和她一起的还有一个留着平头的胖警察。静香一言不发地坐下后，就紧闭双眼一动不动，似乎在拒绝别人和她说话。

胖警察看了看屋内众人，视线停在近藤夫妇身上，问："有话想问两位，不知是否方便？"

胜之与和花子对视了一眼，问警察："我们俩一起去吗？"

胖警察想了想，说："还是请男士先来吧。"

正如刚才青江所说，警察准备逐个分别问讯。

胜之和警察正要离开，有人"啊"了一声，接着传来什么东西掉在地上的声音。只见松崎拿着拼图板愣住了，脚下是一地掉落的拼图片。

"我本来觉得放在这里碍事，想换个地方……"

松崎蹲下捡拾，水穗也起身过去帮忙。拼好的鹅妈妈拼图只剩一小部分，绝大多数拼图片都掉在了地上。

"刚才就差一点了，我本想拼拼图换换心情。本来刚刚拼好……实在可惜。"松崎一边用粗短的手指捡着拼图片，一边小声说道。

"这是拼图吧。"警察看着他们说,"案发现场也有拼图片散落,是个名叫拿破仑肖像的作品。据说这是竹宫先生的爱好?"

"昨晚他还在这里拼呢,"胜之说道,"一边喝酒一边拼得入迷,连我们跟他说话他都心不在焉。也不知这东西哪里好玩。"

昨晚晚餐后,宗彦和胜之等人就到会客室里喝酒。水穗昨晚也听铃枝说,胜之和松崎被宗彦拉着一起玩智力游戏。

"我们去查过竹宫先生的房间,那里也有个拼了一半的拼图,名叫'拾穗者'。"

警察说完又催胜之出门,胜之微微点了点头,离开了会客室。

之后每个人都被单独叫走,最后被叫走的是水穗,她在餐厅一角接受问讯。

两名警察坐在水穗对面。一名是刚才那位胖警察,姓山岸;还有一名瘦瘦的警察,姓野上。山岸看起来四十出头,野上看上去三十岁左右。两人的表情都十分严肃。

"昨晚您是几点回到房间的?"山岸问,声音低沉而威严。

"大概是十一点刚过吧。"

"您自己回去的?"

"不,和佳织一起。"

山岸点了点头,这些情况他应该已经问过佳织。"之后您就一直待在房间里?"

"是的。我和佳织聊天聊到十一点半左右,然后我送她回房,接着就洗澡睡觉了。"

"夜里有没有醒来过？"

"有。"

水穗的话让两名警察眼里放出光芒。

"几点醒的？"山岸问道。

"我不确定准确时间。醒来之后读了会儿书，然后去厨房拿了一听啤酒，回来时已经三点了。"

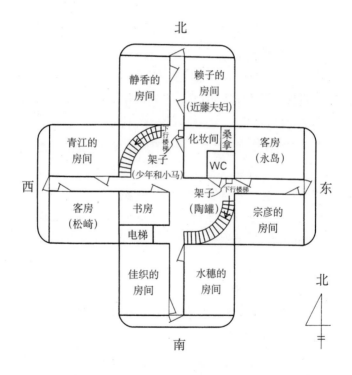

十字大宅二层

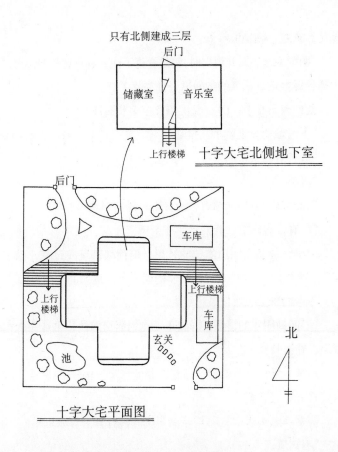

只有北侧建成三层

后门

储藏室　音乐室

上行楼梯　**十字大宅北侧地下室**

后门

车库

上行楼梯

上行楼梯

车库

玄关

池

北

十字大宅平面图

"您醒来是因为听到了什么声响吗？"

"不是。不知为什么就醒了，也许是暖气太热了吧。"水穗仔细回忆着，谨慎地答道。

"这样啊，这儿的确很暖和。"山岸说着环顾室内，又问，"您下楼拿啤酒时，有没有发现什么异常？比如听到什么声响、看见什么东西、碰见谁等等。"

"刚醒来之后打开窗户时,倒是看到了让我有点意外的情形。"水穗告诉警察,宗彦的房间里好像亮起了灯。

他们探出身子,问:"灯大概亮了多长时间?"

"不清楚……也就十几秒吧。"

"没有看到人影吗?"

"没有。"

"那之后一直到您睡着,没有听到任何声响吗?"

"没有,很抱歉。我的房间在南侧。"

山岸没能马上明白水穗的意思,但他很快反应过来,点了点头:"明白了。案件发生在北侧的地下室,离您的房间最远。"

一旁的野上也边记录边点头。

"那回到刚才的话题,昨晚十一点您回房间前,宗彦先生在哪里,在做什么?"

水穗用手指抵着嘴唇,回忆昨晚的情形,说:"晚饭后,他很快就去了会客室。"

警察点点头问:"您知道宗彦先生昨晚打算去音乐室吗?"

"不知道。"

"您知道他有这样的习惯吗?"

"也不知道。"水穗摇头答道,接着她又看着警察,问,"其他人……比如近藤姨父他们是怎么说的?"

警察没想到她会提问,有些意外地答道:"其他人都知道他有睡前一到两个小时去音乐室听古典乐的习惯,只是大家都说昨晚他应该没打算去，因为好几个人都看到他离开会客室后直接回到了自己的房间。"

"那么，宗彦姨父是等大家都睡下后，再偷偷去的音乐室？"

"目前看来是这样。刚才您说半夜三点前宗彦先生的房间亮起了灯，也许他就是那时离开的房间。"

水穗回忆着当时的情形。假如真是这样，自己如果能够早点下楼拿啤酒，情况可能就完全不同了。

山岸刻意清了清嗓子，又问："听说您有一年半没有来这里，一直在国外？"

"是的。"水穗放低了视线，"我在澳大利亚待了一年，最近刚回来。先父的朋友在澳大利亚开了分公司，我在那儿工作。出去是为了多体验一下社会。"

"原来如此。最近的女孩子的确都很有闯劲啊。那么，直到最近一段时间您和其他人都没有见过面？"

"是的。有时佳织会给我写信聊聊近况。"

"时隔一年半，您见到宗彦先生时聊了什么？"

"都是些无聊的话。他问我什么时候结婚，我搪塞过去了。他也不是真的关心。"

"您对宗彦先生的印象怎么样？和以前相比有没有变化？"

"这……"水穗歪着头想了想，"不知道。我没注意到。"

"三田理惠子女士，就是死在宗彦先生身边的那位，您和她见过吗？"

"昨天是第一次见面，互相介绍了一下，没有说别的话。"

山岸点了点头，又问："您对这起案子有什么想法吗？比如……"说着，他搓了搓放在桌子上的双手，"有没有人十分憎恨宗彦先生？或者，有没有人视他为眼中钉？"

　　"恨宗彦姨父的人啊……"水穗的脑海里瞬间浮现出几张人脸。

　　山岸仿佛通过她的神情看出了微妙的心理变化，探身问道："有吗？"

　　水穗摇头说："没有，完全想不到。"

　　山岸听罢保持着探身的姿势，盯了她白皙的脸庞一会儿，又重重地坐回沙发上，说："您很冷静啊。那位……青江先生，也很冷静，但您又和他不同。"

　　水穗不知道该怎么回答，干脆沉默不语。

　　"坦率地说，我认为不光是您，其他每个人都有点过于平静。当然，对于宗彦先生的死，各位还是感到悲痛的吧？"

　　水穗看了看山岸。山岸也直视着她，似乎在观察她的反应。

　　"是的。每个人都非常悲痛，发自内心地深深悲痛。"水穗平静地答道。

2

　　警方在宅邸内外很是仔细地搜查了一番，傍晚才全部撤离。下午还有很多记者围在大门外，但现在一片安静。一直响个不停的电话也终于恢复平静。

　　水穗和佳织一起坐在餐厅里吃着铃枝做的薄烤饼。她们今天还没好好吃过一顿饭，但佳织看起来食欲不振，吃了几口薄烤饼后便只喝红茶了。

　　过了一会儿，青江也进来坐到两人对面。他长叹一声，说："真是遇到大麻烦了啊。"

　　水穗却觉得他并不真的认为有什么麻烦。"其他人呢？"水穗问道。

　　"近藤夫妇和松崎先生在会客室。公司来了不少人，估计在商量接下来怎么办。"

　　"外婆在房间里？"

　　"是的。毕竟年事已高，永岛应该在陪她聊天——他们俩的关系也真是奇妙。"

佳织听他这么说不禁抬起了头，但终究什么都没说。今天她连打嘴仗的精神也没有了。水穗瞥了她一眼，问青江道："警察怎么看这起案子？"

胜之等人似乎从警察那里听到了很多情况，但水穗她们并不知道。

"据我所知，的确不是三田理惠子先杀人再殉情，凶手从外部潜入实施犯罪的可能性比较大。"

"凶手从外部潜入？"

"没错。通往车库的后门旁边的小门没有上锁，而且门外找到了可能是凶手留下的手套，手套上沾满了血。"

"手套……"

"还有，他们找到了伯父睡衣上的纽扣，说是掉在后门外。警察说应该是伯父和凶手扭打的时候，纽扣掉下来挂在了凶手身上，凶手逃出门时掉了下来。"

"纽扣？"水穗心里一个激灵，她努力让自己保持平静，问，"什么样的纽扣？"

"我只是瞥了一眼，没什么特别的。指尖大小，泛着金色。"

"金色……嗯。"水穗感到脸颊发烫，心脏狂跳。那会不会是自己昨晚在走廊架子上发现的纽扣？

"因为有这些情况，好歹可以避免自家人互相怀疑的丑态了。不过警察似乎也不完全认定就是外人潜入作案，因为这些都可以轻松地伪装出来。"

"你什么意思？"一直沉默地低头看着桌上茶杯的佳织，突然用毫无感情的低沉声音问道。

青江有些狼狈地说："没什么特别的意思。我只是说警察很谨慎。"说完他起身上了楼。

佳织看着他离开后，问水穗："你觉得凶手可能是家里人吗？"

"不会的。"水穗答道。佳织又陷入沉思。

水穗随后也上楼看了看昨晚放着纽扣的架子。正如她所担心的，那里空空如也。

小丑人偶视角

今天真是闹哄哄的一天。

我的悲剧源于愚蠢的警察粗心地拿起拼图盒盖，他不知道盒盖卡在我的玻璃罩上，结果就把我连罩子一起拽到了地上。玻璃罩自然摔了个粉碎。警察也被上司一顿怒斥，不过至少应该先向我道个歉吧。

总之，这让我的处境很是悲惨。音乐室里聚满了警察，混杂着烟味和汗臭味的空气令我不快到极点，而原本那个玻璃罩能把我同外界隔离开来。

"凶手的手套在门外，死者睡衣的纽扣在后门外……从这些情况来看，凶手应该是从外面进来的。"

一个年轻的瘦高警察向一个胖胖的中年警察如此说道。除了这两人，还有一个蓄着八字胡的警察也在听。在这几个人里，胡子警察看起来地位最高，身上的衣料也是上品。

"从后门进来的话,凶手是怎么把锁打开的？"胡子警察问道。

胖警察回答道："这还不清楚，有可能是宗彦自己打开的。"

"什么意思？"

"宗彦可能昨天半夜把三田理惠子叫到了这里。不光昨晚，他似乎经常这么做。当然，似乎从未像昨天这么晚过。不管怎么说，三田理惠子昨天傍晚的确离开了这里，她肯定是半夜又过来的。她的车就停在车库，车库离后门很近。"

胡子警察哼了一声，一脸对宗彦的厌恶之情，说："他为了方便情妇进出，就把后门的锁打开了，结果凶手从那儿进来了，是这样吧？"

"是的。"胖警察点了点头。

"那么，凶手必须要知道这些情况，知道宗彦半夜会让情妇从后门进来。"

"是的。"

胡子警察环抱双臂，来回踱着步子，问："凶手是在三田理惠子来之前进来的，还是在来之后呢？"

"我觉得是来之前。"胖警察不假思索地答道，"如果三田理惠子来了，宗彦就会把后门锁上，凶手就没办法进来了。"

"有道理。那凶手就是在三田理惠子来之前先杀了宗彦……对了，音乐室的门锁了吗？听说发现尸体时没有上锁？"

"平时是会上锁的。钥匙有两把，一把宗彦拿着，另一把放在客厅。"

"如果当时门也锁着，凶手会怎么办呢？"

"大概会敲门吧？"高个子警察开口说，"宗彦在等情妇，有人敲门的话应该会毫无戒备地开门。"

"然后等门开了立即下手，嗯。那凶手为什么不逃跑，而是要把三田理惠子也杀了呢？"

"有两种可能性。"胖警察卖关子似的竖起两根手指,说,"一种是凶手也有杀害三田理惠子的动机；另一种，是凶手正准备逃跑时，理惠子来了。"

"现阶段来看，两种都有可能啊。"胡子警察好像吃了黄连一般，一脸愁容地说,"死亡时间推测是凌晨两点到四点之间？"

"是的。更精确的时间要等尸检报告,应该不会有大的误差。不过，有个叫竹宫水穗的女子——她是宗彦的外甥女,说三点左右时看到宗彦的房间亮起了灯。那么，宗彦去音乐室和遇害应该都在那之后。"

"三点以后啊……"胡子警察摸了摸下巴，问,"之后有没有什么东西失窃？"

"没有。"高个子警察摇了摇头,"这家除了宗彦，还住着宗彦的岳母静香、女儿佳织、寄宿在此的青江、还有一名女佣，他们都没发现少了什么东西。当然，音乐室里到底有什么，除了宗彦，其他人都不知道，就算少了东西他们也发现不了。"

"那么，也不能排除入室盗窃的可能性了。"

"就算这样，不清楚这家的情况也很难作案。"高个子警察说道。

"嗯。不管怎么样，需要把所有来过这栋宅子的人都找出来。不过……"胡子警察说着又环抱双臂,"故意伪装成外人潜入作案的可能性还是很大。带血的手套之类，伪装起来很简单。关于凶器有没有查到什么？"

"似乎是常见的水果刀，但女佣说那不是这家里的东西。"高个子警察答道，"静香夫人也说没见过。"

"这样啊。"胡子警察有些失望，"有没有找到凶手留下的其他物品？"

"现在还没有。"胖警察答道，"其他线索就是那枚纽扣。"

"哦。"胡子警察点了点头。

"说到纽扣，鉴定人员有些发现。"高个子警察故意卖关子。

"什么发现？"

"说是没有检查出指纹来。"

胡子警察咂了咂嘴，说："这算什么发现？既然凶手戴着手套，没有指纹是理所当然的。"

"可是应该有宗彦的指纹啊。保险起见，我让他们检查了睡衣上的其他纽扣，都检出了宗彦的指纹。"

"哦……"

"而且，据说那枚纽扣上明显有用布擦拭的痕迹。凶手戴着手套，没有擦拭的必要。"

胡子警察长长地"嗯"了一声，说："想不通啊。"

"是啊。"高个子警察和胖警察也陷入沉思。三人一时间都不发一言。

"总之，"胡子警察先开了口，"不用急着下结论。包括家人在内，要彻底清查宗彦的人际往来，应该会查出些东西来。"

"宗彦的妻子自杀了，"高个子警察说，"好像昨天是七七。"

"嗯。那真是一个坚强的人，生为女人真是可惜了。"胡子警察说着露出苦涩的表情，"我早就知道竹宫家的情况，他们家真是难以理解。"

他们的对话大致就是这些，没有说出什么特别的内容。

但是，在宗彦之外居然还有一个女人被杀着实令我震惊。在我被拼图盒盖挡住视线的时候，发生了另一起凶案。的确，杀害宗彦的凶手逃走后，房间的灯光曾几次亮起过。

到底这名女子是被谁、如何杀害的？

我也一无所知。

3

二月十二日，星期一。

水穗在早上六点醒了过来。昨晚她辗转反侧，直到两点才睡着。只睡了四个小时让她有些头晕，不过她丝毫没有倦意，似乎还没有从昨天的亢奋中平复。

令她难以入眠的，是那枚纽扣。那天晚上放在架子上的纽扣，为什么会跑到后门外？

她首先想到的，是它们可能并不是同一枚纽扣，但这种可能性并不大。因为后门外的纽扣无论形状还是颜色，都和水穗看到的别无二致，并且没听说宗彦的睡衣上掉了两枚纽扣。

这样一来，一个她不愿承认的可能性就出现了：凶手就是那天晚上住在家里的人。

情况可能是这样的：凶手杀害宗彦的时候，纽扣在拉扯中掉在了凶手身上——比如说衣服的某处。但凶手没有察觉，要回到自己的房间。在回房途中，纽扣又碰巧掉在架子上。水穗发现了纽扣，仍旧把它放回架子上。第二天上午，暂时不知是众人发现尸体前还是之后，凶手发现了架子上的纽扣，为了伪装成外人潜入作案，就偷偷地把纽扣丢到后门外。

水穗觉得这种可能性最大。除此之外，也想不出其他能解释纽扣被转移的理由。

凶手果真是那天住在这里的人吗？

水穗换好衣服，简单洗了下脸就出了房间。走廊上依旧安静无比。她下楼来到客厅，只见铃枝已经起来，正在擦拭家具。

她不可能是凶手——水穗的大脑飞快地转着。铃枝睡在厨房里面的小房间里。宗彦的睡衣纽扣掉在二楼的架子上，如果凶手真是家里人，也应该是当晚睡在二楼的人。

"早啊，铃枝。"

听到水穗的声音，铃枝吃了一惊，停下手说："早上好。今天很多人都起得很早啊。"

她虽是笑着说的，但那笑容一看就是勉强挤出来的。

"还有谁也起来了吗？"

"青江先生也起来了，出去跑步了。"

"跑步？他还有这习惯？"

"没有。他说是因为今天起得太早，平时不会这样的。"

"哦。"

水穗不明白青江到底在想什么。还是说虽然冷静如他，也会难以入睡？

水穗坐到沙发上，看到桌上报纸的社会新闻版有翻动过的痕迹，不知是青江还是铃枝读过了。打开一看，首先看到了宗彦那张神经质的脸，旁边是三田理惠子的照片。报道的标题十分俗气，说不到两个月前赖子刚刚自杀，暗示这次的案件与此有关。水穗看了几眼就狠狠地合上报纸。铃枝装作没看见，自顾自地擦着柜子。

"昨天……"水穗问铃枝，"铃枝你是几点起来的？"

正在叠抹布的铃枝顿了一下，说："大概是六点半左右。我跟警察也是这么说的。"

"当时有没有谁已经起来了？"

"没有。大家都还在睡。"

"你是七点左右发现宗彦姨父他们的吧？那之前都干了什么？"

"和今天一样，简单打扫一下，然后准备各位的早餐。"

"有没有人在这期间起来？"

铃枝稍稍想了想，看着楼上说："和花子夫人和胜之先生先从二楼下来了。过了一段时间，永岛先生和青江先生也下来了，他们坐在沙发上聊着职业棒球的话题。松崎先生是在他们之后下来的。"

"你没有上过二楼吗？"

"他们五位下来后，我上楼去叫老夫人和老爷起床。老夫人答应了一声，但老爷好像不在房里。我就想他应该是在音乐室，就下去查看，结果……"回忆起发现尸体时的震惊，铃枝不禁咽了口唾沫。

"上到二楼时你有没有发现什么？"

"发现什么是指……"

"就是……比如捡到了什么。"

这话问得太奇怪——水穗忍不住在心里撇了撇嘴。她本想问架子上是不是有纽扣，但又觉得不能直说。

"您丢什么东西了吗？"铃枝反问道。

"嗯，丢了个小硬币，是在澳大利亚的时候用的，可能掉在楼梯旁的架子附近了。"这谎言说不上天衣无缝，但水穗也想不出其他借口了。

"没看到。下次打扫时我会仔细看看。"

"麻烦你了。"水穗边答边想，要是铃枝发现了纽扣，应该不会放着不管。依她的性子，家具有一点灰尘都难以忍受。

凶手到底是什么时候把纽扣扔到后门外的呢？

水穗试着回忆众人一起跑到地下室，看到宗彦尸体时的情形。如果她没记错，当时没人去往后门方向，而从那之后直到警察到来，所有人都聚在会客室里。

可见，凶手是在一切乱起来之前扔掉的纽扣。大概是早上下楼时发现了架子上的纽扣，就在尸体被发现前把它扔到了后门外。

如果是这样，凶手就是近藤姨父、和花子姨妈、松崎堂舅、永岛和青江中的某一个了。

水穗忍不住伸手挠了挠头。

大约十分钟后，青江回来了。他穿着灰色连帽衫，围着围巾，走进了客厅。"果然还是盯了一晚上。"青江坐到水穗对面，说道。

"什么盯了一晚上？"水穗抬头问。

"警察啊。"青江一脸理所当然的表情，"他们在监视我们的动向，因为凶手很可能是内部人员。可能要监视很长一段时间。"

"你就是为了确定这个才去跑步的？"

"嗯，算是吧。果然有车跟踪我，但我只在步行道跑了一圈就回来了，估计他们很失望。"

"你为什么那么在乎警察的动向？"

"你不在乎？"

"也在乎，但不至于专门去确认。"

青江的表情稍稍严肃了一些，说："我非常在乎，非常在乎他们到底有多怀疑是内部作案。换句话说，我是想从他们的动向，来判断家里有凶手的可能性究竟有多大。"

"你这么说就好像希望凶手是家里人。"

听到水穗的讥讽，青江睁大眼睛，说："怎么会！谁都不希望自己身边有凶手。但无论是昨天警察的问讯还是刚才的跟踪，很明显他们在怀疑我们。这栋宅子周围都有如此严密的监视，近藤先生和松崎先生那边估计更严。"

"你话里有话啊。为什么近藤姨父那边更严密？"水穗盯着他俊秀的脸庞问。

"这还用说吗？宗彦伯父死了，受益最多的就是他们两个。"青江声音很大，毫不在乎被人听到。

水穗看了一眼厨房，铃枝似乎没有听见。"你说话太大胆了。"

"是吗？"青江调整了一下坐姿，靠在沙发上，跷起腿，望着水穗说，"首先，近藤先生明显将宗彦伯父看作眼中钉。明明自己更有能力，但宗彦伯父因为入赘到竹宫家，就掌控了公司。像近藤先生那种性格的人是很难忍受的。"

"但是这没办法啊。外公之所以让近藤姨父跟和花子姨妈结婚，就是为了在自己隐退之后，有人能当赖子姨妈的左膀右臂。虽然赖子姨妈去世，宗彦姨父接管了公司，但这种关系是不会变的。"

"人生有很多不如意，这正是最悲哀之处。我的确也听说近藤先生对赖子伯母不让须眉的经营手腕佩服不已，所以也甘心做个大掌柜。但要是宗彦伯父掌权，那可能就不一样了。"

"你是说他不认可宗彦姨父的经营能力？"

"当然也有这方面因素，不过他对宗彦伯父的厌恶，可能还要更深些。"

水穗不明白青江的意思。看到她一脸诧异，青江微笑着探出身子，说："你不知道吗？幸一郎爷爷原本是想让近藤先生娶赖子伯母的。"

"这我知道……"水穗也听琴绘说过。

"赖子伯母却选了在工作上非常不起眼的宗彦伯父。幸一郎爷爷自然反对，但伯母还是说服了他。你知道是怎么说服的吗？"

水穗摇了摇头。

"赖子伯母说，宗彦伯父这个人不会有什么野心，他是个更喜欢艺术和娱乐而不是工作的人，不会背叛妻子把公司据为己有，给他一个董事之类的位置他就会满足了。而且她说自己眼里只有工作，有时会冷酷得不近人情。如果有一位气质完全不同的男子陪在身边，或许能避免让自己过于冷酷——怎么样，很符合赖子伯母的个性吧？我是从幸一郎爷爷那里听说的，他讲这些的时候很是自豪。"青江看来很喜欢这段往事，讲起来两眼放光。

赖子温暖的脸庞仿佛还在眼前，水穗听到这些有点震惊，但还是对青江说："原来如此。但你忘了一点，赖子姨妈是真的爱着宗彦姨父的。这是最重要的。"

"爱情啊。"青江好像听到了不入耳的词一样，挠了挠耳朵，说，"赖子伯母是个完美的女人，不管最初的心思如何，嫁给谁，就一定会一辈子为他着想。"

水穗无言以对，只好沉默。

青江又坐正了说："跑题了。总之，赖子伯母之所以会选择宗彦伯父，有着这样的考量。近藤先生也知道这些。赖子伯母去世之后，他觉得社长的位置非自己莫属，但实际情况并非如此，宗彦伯父当上了社长。一个入赘竹宫家的人，居然全凭运气掌握了实权，近藤先生估计因此积怨已深。"

"我知道你想说什么了。"水穗叹了口气，"但是，我还是不能理解因为这些就杀了自己的亲人。"

"就算你无法理解，这个动机依然成立。说是亲人，其实没有血缘关系。"

水穗凝视着青江俊秀的脸庞，缓缓地摇了摇头。确如佳织所说，这个人身上没有丝毫人情味。"你对松崎堂舅也抱有同样的怀疑？"

"松崎先生嘛，应该是为其他的事情而对宗彦伯父怀恨在心。"青江肯定地说，"松崎先生的父亲和幸一郎爷爷一起撑起了公司初创期，他因此颇为自负。据说赖子伯母当社长的时候，公司里还有所谓的松崎派。伯母也默许了他们的存在，但宗彦伯父强行拆散了松崎派。最近还有传言说松崎先生自己都要被下放到子公司去当社长，简单来说就是宗彦伯父要赶他走。"

"哦……"水穗呆呆地听着青江说的话。她对宗彦经营公司的情况完全不了解，再加上已离开一年半之久，很多事情都变了。

"所以，就算近藤先生和松崎先生想除掉宗彦伯父，我也毫不意外。"

"我可不愿这么想。"

"我也不喜欢说这些。但是如果警察了解了这些情况，一定会怀疑他们。"

的确可能如此，水穗想道。

"但是，有嫌疑的不止他们俩。"青江压低了声音。此时铃枝开始往餐桌上摆放餐具，做早餐的准备。"并不是只有利益纠葛会成为动机，有时候单单是仇恨也会驱使人做出某些举动。"

"什么意思？"水穗问道。

青江诧异地瞪大了眼睛，反问道："你没听佳织说吗？家里没有人不恨宗彦伯父，比如……"他偷偷地指了指忙里忙外的铃枝，"她。听说从赖子伯母小时候起，她就在这里干活了。"

水穗想起了佳织的话：大家都爱戴我妈妈……

"还有永岛。"青江仿佛看透了水穗在想什么，说，"你应该听佳织说过，他对赖子伯母抱有什么样的感情吧？"

水穗不禁看了看他。他神色轻松，还带着些许笑意。水穗一脸无奈地摇了摇头，说："亏你想得出来。在你嘴里，人人都可能是凶手。"

"也不是全部。根据我的推理，只有佳织可以排除在外。"

"也包括我？"水穗问道。

青江有些猝不及防地说："我还不了解你，还得再观察。不过至少现在看来，你不是那种会做杀人这种不划算勾当的人。"

"非常感谢你这么说。"水穗故意郑重其事地说，"我能不能再加上一条我自己的推理？"

青江露出意外的表情："请，我洗耳恭听。"

"根据我的推理，你才是凶手。"

"哦？"青江表情瞬间紧张，但很快又放松下来，说，"有意思，说说你的想法。"

"你想和佳织结婚。外公似乎也有此意，但外公已经去世，现在对你来说宗彦姨父就是个障碍。因为他绝对没有把佳织嫁给你的意思。"

"原来如此。"青江换了换腿，挠了挠右耳垂，说，"的确可以这么想，警察可能也在怀疑我。那我想问，在你看来我像能杀人的样子吗？"

"嗯。"水穗重重地点了点头，"非常像。"

青江听罢靠在沙发上仰面朝天，刻意地大笑道："没错。不管杀人还是别的，我都干得出来。只要是为了佳织。"

4

"我有话想问你，关于昨天早上的事。"水穗正色道。

"什么？"

"从你起床到来这里之间都发生了什么？你下来时这里有谁在？"

青江耸了耸肩，说："你这话就像逼供了，本来一直是我在推理。看来你也认为凶手是家里人。"

"我刚说过我怀疑你。别打岔，回答我。"

"我总觉得你怀疑的不光是我。好吧，昨天早上，我起来时近藤夫妇已经在这里了。夫妻俩都起得那么早还真是罕见。"

这和铃枝说的一样，看来这的确是实情。

"接下来呢？说详细些，从铃枝发现尸体到大家乱起来这一段时间内的情况。"

"告诉你当然可以，"青江翻眼瞟着水穗，"但你这个问题很奇怪。昨天早晨宗彦伯父和三田女士都已经被杀了，问当时的情况似乎没什么意义……你为什么想知道这些？"

"现在还不能告诉你。"

听到水穗这么说，青江苦笑着挠了挠鼻头，说："现在还不能……好吧，烂俗推理小说里的常用台词，一般说这话的人都活不到最后，不过你大概没问题。我下楼后，永岛和松崎先生也下来了。我看着报纸的体育版，永岛坐到我旁边，聊起报上登的新闻，松崎先生则和近藤夫妇聊了起来。过了一会儿老奶奶也下来了，坐在餐桌旁喝茶。"

"外婆是一个人下来的？"

"不，是和铃枝一起，应该是铃枝把她叫起来的。之后铃枝去了地下室，然后就传来尖叫声。"

这些话也没有矛盾之处。问题就在于铃枝上到二楼的那一段时间。

"发现尸体之前，你们当中有人离开吗？"

"这不大记得了，就算有人去了洗手间我也不记得。"

"没有人外出？"

"没有，我们五个人基本上一直在一起。"

"这样啊……"

如果青江所说属实，那么当时在场的五个人都没有去扔纽扣的时间。

"问完了吗？"青江盯着水穗，似乎想看透她在想什么。

"嗯，今天就到此为止，先问你这么多。"

"今天先问这么多？好吧。"青江微笑道。

过了一会儿，佳织也下来了。她来到两人身边，问："你们聊什么呢？"语气听起来不大开心。

"没什么。"

水穗刚说完，青江就接道："在聊案情，我们正在讨论凶手是我的可能性。"

佳织瞪了他一眼："然后呢？"

"我们认为可能性很大。"

"哦，很好啊。"佳织无视青江的存在一般扭过了头。

"咦？这是什么书？"看到佳织腿上放着一本书，水穗问道。那是一本黑色封皮、有些老旧的书。

"这是想拿给你看的，是爸爸的智力游戏书。"

"智力游戏？"水穗接过书，翻看了几页，里面简单介绍了拼接玩具、九连环、迷宫等等。书的内容并不复杂，似乎是本入门书，还介绍了一些简单的魔术。

"水穗你不是说想看看智力游戏或者魔术方面的书吗？其他的书我不知道怎么样，这本书一直放在我房间里，就拿来给你看。"

"哦？佳织你也会看这类书啊？"青江来到水穗后面，看着书的内容说。

"我才不看呢，只是爸爸之前忘在我房间里了。怎么样，水穗，这书很无聊吧？"

"哪有。我会好好看看，不过今天大概没心情。"

"嗯，我知道。什么时候还都可以，只管看吧。"

"要是水穗不打算马上看，能不能先借给我？"青江说着来回看了看水穗和佳织，"行不行？"

"但我本来是要拿给水穗看的。"

"我无所谓。"

听到水穗这么说，佳织稍稍犹豫了片刻，问青江："你看这个干什么？"

"我对让宗彦伯父入迷不已的智力游戏很感兴趣。"他从水穗手里接过书，拍了拍黑色的封皮说。

"随便你……别弄脏了。"佳织不耐烦地说。

青江对她这种神态饶有兴味，微微一笑。

随后大家开始吃早餐，但静香一直没有现身。铃枝通报说静香不太舒服，便不下楼了，在房间里吃饭。

吃完早餐，水穗前往静香的房间，还告诉铃枝说会顺便把餐具带下来。铃枝诚惶诚恐地致了谢。

静香简单吃了些东西，正躺在安乐椅上听音乐，她的房间里也有音响设备。

"您感觉怎么样？"水穗刻意用开朗的声音问道。

"没事，只是没睡好而已。"静香坐起身，揉了揉左肩，说，"今天外面好安静，静得有点吓人。"

昨天很多记者聚在门外，一直吵闹到夜里。

"我想今后不会再那么闹了。"水穗说。

"但愿如此吧，不过警察还是会进进出出一段时间吧？"

"这……应该是吧。"

水穗把青江晨跑时被跟踪的情况告诉了静香。静香听完叹了口气，却不是为警察的举动而叹。

　　"对那孩子可不能掉以轻心。"静香的语气沉稳，但透着一丝严厉，她说的是青江，"你外公喜欢他，是因为他身上有和自己相似之处。头脑精明，总是在算计，说好听了是不为外物所动，其实就是对什么都无动于衷。"

　　水穗想起佳织也说过类似的话。

　　"他对案子有没有说些什么？"

　　"说什么？"

　　"有没有说些他胡乱推测的想法？比如胜之有嫌疑、良则有动机之类。"

　　水穗沉默不语。

　　"果然。"静香点点头，"那孩子啊，恨不得家里出个杀人凶手呢。"

　　"怎么会。"水穗嘴上这么说，其实和青江的对话让她生出同样的感受。

　　"假如佳织真的要和他结婚，那胜之和良则对他来说就是障碍。如果能现在就除掉某一方，对他来说再好不过。"

　　"外婆……您也怀疑近藤姨父和松崎堂舅吗？"

　　静香闻言打量了水穗一会儿，缓缓地摇了摇头："怎么会呢？我谁都不怀疑。你为什么这么问？"

　　"因为……"水穗说了一半又把话吞了回去。

　　静香见状仰起头，若有所思地自言自语道："真希望警察能早点破案啊。"

水穗下楼时，看到昨天见过的山岸和野上两位警察正从玄关走进来，似乎准备去地下室。

"我们想再看看现场。"山岸看到水穗，停下脚步说道。

"侦查进展如何？"

"我们正在尽全力调查，"山岸严肃地说，"也在这附近收集线索。不过很遗憾，目前还没有发现有价值的证词。我们也在考虑其他可能性，侦查这种事情一定不能有任何疏漏。"

"其他可能性，指的是内部有凶手吗？"水穗一边问，一边观察山岸的表情，试图捕捉到蛛丝马迹。

"这个，"山岸面无表情地歪了歪头，"随您怎么想了。"

"三田女士绝对不可能是凶手吗？"水穗自己也知道这基本不可能，但为了确认还是问了一句。

"也不能说绝对不可能，但我们认为可能性很小。如果真是殉情杀人，没必要伪装成外人潜入作案。"

这倒也是。

"那么，三田女士是不巧来到了这里才被害？"

水穗的问题让两名警察移开目光，沉默了一会儿。他们在判断能不能说。

"现在下结论还为时尚早。"山岸的口吻很是慎重，"我们搜查了三田女士的公寓，发现衣柜门没有关，被子也没有叠，看起来像是急急忙忙出的门。她到底在急什么呢？"

"我也猜不出。"水穗摇头说。

"其实半夜里幽会本身就难以理解。照铃枝女士所说，虽然有时三田女士会晚上过来，但最晚也就是十二点多。为什么这次要这么晚，而且非要在宗彦先生亡妻的七七刚结束之后……实在是让人费解。"

"那您认为三田女士被杀另有原因了？"

"不知道。"山岸答道，"现在还什么都不清楚，不过……"

"什么？"

"解剖结果出来了。"山岸说，"结果显示，三田女士比宗彦先生至少晚三十分钟被害。如果真的晚了这么长时间，那段时间里凶手到底在干什么？三田女士又在干什么？"山岸越说靠得越近，水穗忍不住向后躲了躲。山岸又露出和气的表情，整了整领带，说："总之，目前的疑点还有很多，您还有什么问题吗？"

"没有了……"

"那我们就先去了。"说着，两位警察走下楼梯。

水穗坐到旁边的沙发上，回味着山岸刚才的话语。三田理惠子比宗彦姨父晚了很长时间被害？

这到底是为什么？水穗飞快地转动脑筋。我一直以为凶手的目标只有宗彦姨父，杀掉三田理惠子是因为她碰巧也在场。看来情况并非如此，凶手也有杀掉三田理惠子的理由。要是按照青江所说，凶手是近藤姨父或者松崎堂舅的话，只杀掉宗彦姨父就好了……看来，凶手对宗彦姨父和三田理惠子都怀有恨意。

　　水穗又走上楼，准备回自己的房间。也不知道警察现在查到了多少，会不会他们已经发现了证明家里有凶手的重要证据？

　　来到房门前时，水穗听到对面佳织的房间里传出音乐声，便敲了敲门。佳织回应的声音里带着倦意。水穗推门一看，屋里光线昏暗，佳织正坐在轮椅上闭目养神。

　　"不闷吗？我开窗帘了啊。"水穗走到窗边，拉开厚厚的窗帘。刺眼的光线透过白纱帘照进屋内。

　　"太晃眼了。"佳织低下头用手遮住眼睛，又缓缓地抬起头，问，"警察好像来了吧？"

　　"你听到了？"

　　"我觉得他们该来了。警察是在怀疑家里人作案吗？"

　　"他们的工作就是怀疑别人。"水穗故作平淡地说。

　　"但如果是正常的家庭，一般不会怀疑家人吧。"佳织顿了顿，又说，"这个家不正常啊。"

　　水穗无言以对，只好挪开了视线。

小丑人偶视角

　　昨天的胖警察和高个子警察又似聒噪的蚊蝇一般聚了过来。

　　他们似乎先勘察了是否有人进过地下室做手脚。确定并没有这种情况后，他们又走到电话前，翻看起电话簿。

　　"无法判断宗彦是不是半夜打了电话啊。"高个子警察坐在音响前的沙发上，抽出一根烟说。

　　"但应该是打了。可能不是从这里，而是从他自己房间里打的。"胖警察坐到他旁边，也开始吞云吐雾。他们似乎不叼着烟就不会说话。"从三田理惠子房间的情况来看，半夜三更来这里显然是计划外的行动。那么，就只能是有人打电话把她叫来的。会这么做的只有宗彦，况且其他人叫，三田理惠子也不会来。"

　　"为什么宗彦这么晚还叫三田理惠子出来呢……"

　　"问题就在这里。这将左右我们对整个案子的理解。"胖警察说着站起身，双臂环抱胸前，边摸着下巴边踱起步子，"首先，凶手一开始的目标是只有宗彦一个人，还是原本就准备杀掉宗彦和三田理惠子两个人？"

"我觉得一开始就准备杀两个人。"高个子警察转身面向胖警察，说，"凶手先杀掉宗彦时，三田理惠子应该不在场。要是在，她应该落荒而逃或者惊声尖叫。凶手是杀了宗彦之后，埋伏在现场等着她过来。看到她后，在她喊出声前就迅速把她杀害。"

"嗯，你说得很有道理。那么，凶手事先已经知道三田理惠子会过来。凶手是怎么知道的呢？宗彦应该是临时叫她过来的。"

"凶手看到宗彦叫她过来，或者听到宗彦叫她过来了吧。"

"没错。那么凶手是如何看到或者听到的呢？"

胖警察的问题让高个子警察陷入沉思。思索一阵，他无奈地摇了摇头，问："怎么做到的呢？"

"比如这样。"胖警察从上衣口袋里拿出圆珠笔，当作匕首一样握住，指着高个子警察的脸说，"你要是不想死，就赶紧给那个女人打电话，让她到这里来——就这样威胁宗彦。"

"有道理。"高个子警察看着圆珠笔的笔尖说。

胖警察把圆珠笔放了回去，说："也可能是偷听了宗彦打电话，还有其他可能性，重要的是宗彦打电话时凶手已经在宅子里了。那凶手是怎么进来的？那时后门应该上着锁。"

"看来到底还是内部作案啊！"高个子警察猛地站了起来。

"还不能肯定，但至少这种可能性更大了。"

"据负责在室外走访调查的同事说，完全没有任何可疑人员出没的痕迹。虽说案件发生在半夜，但像此案一样找不到丝毫线索也着实罕见。"

"问题就在于谁有动机。如果打算杀掉宗彦和三田理惠子两个人，那嫌疑人的范围就相当有限了。"

"女人和老人应该无法实施这样的行为。近藤胜之、松崎、永岛、青江——凶手应该就在这四个人里面。"

"不，你这种想法很危险。女人在关键时刻也能使出很大力气。"

"这么说来，竹宫水穗个子挺高，没准也能打过宗彦。"

"就是这个道理。"

"从动机上也不能排除女性作案。近藤和松崎跟宗彦有利益纠葛，女人们对他则有怨恨。"

"没错。根据已得到的线索，赖子自杀后，静香、和花子都对宗彦和三田理惠子怀恨在心。不光是她们，铃枝和佳织一定也是。"

"看来还得再查一查啊。"

"是啊。"

两个警察似乎有说不完的话。我听着他们谈话，时而感佩，时而苦笑。

他们想得还真多。照这样下去，没准很快就能真相大白。

然而，实际上他们会不会还离案件的核心很远很远？我总有这样的感觉。

看来可以平静一段时间了。

第 三 章

拼　图

1

水穗在房间里看书时，铃枝进来通报说之前来过的人偶师又来了。铃枝已向静香汇报过，但静香说自己很累，让水穗去接待。

"这可如何是好？"铃枝担心地问。

"没事，我去见见他吧。"水穗放下书，跟在铃枝后面出了房间。

人偶师悟净正在玄关等候，和上次一样，他仍穿着一身黑色衣衫。一旁还站着个横眉怒目的男子，似乎是个警察。

"我本想昨天就来，但怕打扰各位，就改在了今天。"看到水穗下来，悟净低头说道。

"是啊，昨天的确乱作一团。"说罢，水穗便向警察说明了悟净的身份。警察看起来有些不满，但也没有更多可追究的，便悻悻地离开了。

"我按下门铃自报家门后，这位警官就突然盘问我。我说自己不是什么可疑人物，但他就是不放我走。这些人总觉得自己高人一等。"

"也许他们只是按规矩办事吧。"水穗引着悟净进入客厅，待他落座，便也坐下问道，"您知道这里发生了什么吧？"

悟净脱下黑色大衣，点了点头："当然知道。真的非常遗憾。"

"关于小丑人偶，现在姨父已经去世，把它还给您应该没有问题。但是……可能没有办法马上给您。"

"为什么？"悟净蹙眉问道。

"这起案子发生在地下的音乐室……而那个小丑人偶当时就放在那里。"

"那么，"悟净用食指抵着鼻子，抬眼看着水穗，"案发时，小丑人偶也在那个房间里？"

水穗低头回答"是的"，接着又抬起头直视悟净。

"我听说这起案件后，就一直担心会出现这种情况。"悟净叹了口气，双手交叉放在桌子上，说，"实在是不可思议。我其实并不相信人偶会带来厄运这样的话。"

"总之，现在还不能把人偶给您，还望理解。"

"当然，我完全理解。"悟净答道，"一定是那些一本正经的警察说要保护现场吧？"

"是这样。对了，还有那个人偶的玻璃罩……"

水穗告诉悟净有一名警察失手打碎了玻璃罩。只见悟净皱着眉摇了摇头，叹了口气，说："破坏现场的倒是他们。"

"实在抱歉。"

"您不必道歉。对了，不知现在那个房间里有人吗？"

"有两名警察。"

"那正好。"悟净拍了拍腿，猛地站起身，"能不能麻烦您带我去那里？我直接和警察谈谈。"

"我觉得可能没什么用。"

"可能会这样，不过那也没什么损失——是这个楼梯吗？"悟净指着通往地下室的楼梯。

水穗见状也站了起来，她其实也想再去现场看看。

下了楼梯来到音乐室门口时，两人被山岸拦下了。水穗介绍了悟净的身份，悟净也解释了前来的目的。一听到要来找小丑人偶，山岸忍不住露出一丝尴尬的表情，他也知道是同事弄碎了人偶的玻璃罩。

"相当长一段时间内，我们不希望从现场拿走任何东西。"山岸看了看水穗，又看看悟净说。

"相当长是多长时间呢？"悟净问。

"基本上是到破案为止。"

"那什么时候能破案呢？"

悟净的话让山岸露出不快的神情，他说："那怎么可能知道！也许是今晚，也许要花上个一年半载。"

"还有可能陷入僵局……是吗？"

山岸的眉头颤了一下，但什么都没说，只是直勾勾地瞪着悟净。悟净则无视他的存在一般，伸长脖子观察屋里的情形。

"好了，您要是明白了就请先离开，我们还有正事要做。"

山岸按着悟净的肩膀说。

悟净轻轻拨开他的手，指着房间里的一处问："宗彦先生是在那个区域附近遇害的吗？"

"是的，怎么了？"

"没什么。"悟净摇头道。

"那您请回吧，我们还很忙。"

在山岸的催促下，水穗和悟净上了楼。

"没办法，再等等吧，"悟净在玄关边穿鞋边说，"只是完全看不出要等到什么时候……对了，"他凑到水穗耳旁，小声问道，"和您家主人一起被杀的年轻女士——好像叫三田理惠子吧，不知道您家里有没有人和她关系特别好？我是说除了主人之外。"

水穗诧异地看了看悟净，问："您为什么这么问？"

"没什么特别的意思……有这样的人吗？"

"我很长一段时间没来过这里了，不了解这些情况。"

水穗的语气透着不快，但悟净毫不在意。他思索了一会儿，点点头："明白了。很抱歉我问得太多了，今天就此告辞。"说完，他打开大门离去。

真是个怪人，水穗想道。

这天晚餐后，松崎来了，说是来商量宗彦的葬礼事宜，近藤夫妇随后也要来。水穗领他进入会客室，端上一杯咖啡。

"有什么进展吗？"松崎不停地眨着眼睛，怯懦地问水穗。

水穗摇了摇头："不知道，警察什么都不肯告诉我们。不过查得那么仔细，应该有些进展吧。"

水穗边说边观察松崎的神色。青江早上说松崎也有杀害宗彦的动机，但这个看起来弄死一只虫子都会吓得脸色煞白的男子，真能做出杀人这种事吗？

"查得很仔细……难道宅子里各处都查了？"

"没有。家里面只搜查了音乐室，但是宅子周围和院子似乎查得比较彻底。"

"哦。"松崎看起来有些坐立不安，本就矮小的身子缩成一团，目光游移不定，还紧紧搂着腿上的皮包，似乎里面放了重要文件。

"警察没有去公司调查吗？"

"查了，还问了公司现在的经营状况，问得很深入，但我觉得没什么问题。"

"这样啊。"

看到松崎拿出烟来，水穗便离开了会客室。

过了一会儿，近藤夫妇也来了。胜之和静香一起去了会客室，和花子一个人待在客厅看电视。见水穗端茶过来，和花子关上了电视。

"水穗啊，"她小声说道，"警察有没有说凶手是谁？"

她和松崎想知道的一样。大概水穗看起来最好说话。水穗把对松崎说过的话原样重复了一遍。

"哦……"和花子先是若有所思地低下头，又马上仰头看着水穗说，"你也真是倒霉，好不容易回来一趟，却碰上这种事情。"

"没关系，我不介意。"

"你妈妈不回来吗？"

水穗白天时刚和母亲通过电话，母亲说会来参加宗彦的葬礼。听到水穗如此回复，和花子自语般说道："是啊，再怎么样葬礼还是会来的。"

水穗大概明白和花子的话。她想说的一定是再怎么恨宗彦的意思。

"水穗啊……"和花子转身靠近水穗欲言又止。她的声音实在太低，水穗不得不把耳朵凑过去。只听和花子问道："不是说有个沾血的手套，还有枚睡衣上的纽扣吗？关于这些警察有没有说什么？"

"什么都没说。"水穗接着反问道，"您知道些什么吗？"

和花子慌忙摆手："没有没有，我只是有点好奇而已。"说完，和花子转而说要去会客室看看，便起身离开了。

好奇怪，水穗想道。或许她也认为凶手是家里人？

当晚永岛也来了。他说担心事情进展，实在无法安心待在自己家里。

"佳织小姐怎么样了？"这是永岛问的第一句话。看来，这个仰慕他的轮椅女孩最让他挂念。

水穗耸了耸肩："白天警察来了，她一直待在房间里。"

"警察？警察来干什么——"

"我什么都不知道！"水穗答得极快，语气也极为生硬。这让永岛吃了一惊。水穗随即双手捂脸，缓缓摇了摇头："对不起。

大家都问我同样的问题，所以……"

永岛叹了口气，点点头说："你也累了吧。等葬礼结束，还是先回趟家比较好。"

"嗯，或许是吧。"水穗不置可否地答道。母亲今天也说让她先回家一趟。她还没有告诉母亲，这起案件的凶手可能就在家人中间。"等事情告一段落，我就回去。"她重复了对母亲说过的话。

"我理解你的心情。真希望一切快点过去。"说着，永岛上了楼，大概是要去看看佳织。

事情告一段落……

不知何时才能告一段落，水穗默默地想。即便抓到了凶手，或许还会引出新的悲剧。

小丑人偶视角

混合着烟草味的空气淤积在下方。失去了主人的椅子、电话和音响设备，不知所措地矗立在黑暗中。

这个房间像是被隔音墙包围，无比寂静，听不到半点声响。四周是一片静谧的黑暗。

这是我最为放松的时刻。一到早上，那些旁若无人的家伙又会来打破这份宁静。

我会思考很多，思考自己为何身处此处，思考这栋宅子的历史——我能从渗入宅子里的种种气味当中，嗅出这个家的过去。

这个家的过去充满深邃幽暗的悲伤。这种悲伤淌进心间，像音乐一样慢慢触动心房。

咦？

我刚刚感觉舒服了一些，就有人打开了门锁。

像慢镜头一样，门被缓缓打开，有人溜了进来。从体格来看，是个男人。

他关上门，没有开灯，而是打开了手电筒，似乎在寻找什么。

光柱停在我所在的柜子上。

我身旁放着一个盒子，是拿破仑肖像拼图的盒子。

他来到柜子前，右手伸向盒子。他把盒盖打开一半，从裤兜里拿出什么放进了盒子。只听见物体落进盒子里的轻微声响。

我试图看清他的长相，但手电筒光线太强，我什么也看不到。

他试图盖上盒盖，但似乎用力过猛，不仅没盖上，还弄破了盖子一角。

做完这一切，他再次打开门，关上手电筒出了房间。自然，房门又重新上了锁。

他到底放了什么进去？

我实在弄不明白。

2

二月十四日，星期三。

宗彦的葬礼在竹宫产业总部礼堂举行。水穗自然也参加了，但那真是个超乎她想象的辛苦的体力活。络绎不绝的宾客挨个上香，水穗必须全程陪站，应付那些素不相识、前来吊唁的人也让她很是疲惫。

但水穗或许还算是轻松的。静香和佳织大概没有一刻可以放松，近藤和松崎也疲于奔命地接待公司人员。

水穗在准备间里休息时，琴绘来了。她身着丧服，平时优雅地披在肩上的长发也束了起来。“这两三年间进入公司的人，一定觉得这家公司老是办葬礼。”

“你来得好晚啊。”水穗瞪了琴绘一眼，“不是说一大早就来吗？”

“我去做头发了。”琴绘摸着头发坐到水穗旁边，从怀里拿出一袋糖果问水穗要不要吃。水穗伸手接了过来。“真是讽刺啊。"琴绘自己也吃了一颗糖，说，"这种男人，就因为和赖子姐姐结了婚，就有人给他办这么风光的葬礼。"

"这么说不太好吧。"

"这有什么。我实话实说。"琴绘的口吻中充满对宗彦的厌恶。

水穗对此不置可否，问道："去问候外婆她们了吗？"

琴绘说去过了。

水穗又问："说起这次的案件了吗？"

"聊了一些。"

"您怎么看？"

"还能怎么看……我就觉得很可怕。半夜居然会有杀人狂从外面闯进来。"

"从外面……但警察说未必是外人作案。"水穗小声说道。

琴绘别过脸，说："警察总会说很多。别为这个胡思乱想。"

"这我知道，可是……"

"先不说这个。水穗，你准备什么时候回家？"琴绘好像完全不关心案子。

"我前天不是说了吗？得等事情告一段落。"

"但你留在这里有什么用？今天和我一起走吧，好不好？"琴绘似乎早已做出决定。

"不行。我说了要再待一段时间，我跟佳织说好了。"

"佳织没事的，她其实很坚强。"

"妈妈，"水穗盯着琴绘，"我不能待在这里吗？"

琴绘面露难色，苦笑道："你说什么呢，我不是这个意思。"

"那就让我再待几天。"

听水穗这么说，琴绘轻叹一声："真没办法。不过你要保证，不要和这起案子牵涉太深。"

"为什么这么说？妈妈，您是知道些什么吗？"

"别乱说，我怎么会知道。"琴绘说着站起身，头也不回地离开了房间。

小丑人偶视角

粗暴地打开房门的，是那个胖警察。

"现在正在举行葬礼吧。"

"宾客应该很多，一定很花时间。"高个子警察也跟了进来。

"而且还很花钱。不过奠仪也不是小数目，整体收支可能出入不大。"胖警察边说边在沙发旁寻找什么。"啊，在这儿！"他捡起一支圆珠笔。

"想了半天掉在哪里了，果然在这儿。"

"这是进口笔吗？"

"别人给我的。"胖警察把圆珠笔插进外套口袋，"咱们也赶紧去葬礼吧。"

两人正准备出门时，握着门把手的高个子警察忽然停住脚步。

"咦？"

"怎么了？"

高个子警察又走进来，站到我面前，指着我身边的盒子，说："这个盒子有问题。"

　　"什么问题？"

　　"您看盒盖这角，破了。之前不是这样。"

　　胖警察露出意外的表情，迅速拿出手套戴上。高个子警察也依样行事。

　　"拿下来看看，轻点。"

　　高个子警察按照胖警察的指示，小心翼翼地把盒子拿了下去，慢慢打开盒盖。

　　"看起来没什么奇怪的。"看着盒子里满满的拼图碎片，高个子警察说。

　　"不，这可未必。如果有人动过这个，必定会有些变化。"

　　"比如偷走了一片拼图？"

　　"有道理。"胖警察点点头，拿起一片拼图说，"来数数有多少。"

　　两人坐在地上，数起盒子里的拼图来。他们一次拿出十片，每一百片就归成一摞。大概他们都习惯于这种工作，数得十分迅速，不一会儿就堆出了好几摞。

　　然后——

　　"野上，你看，"胖警察喊着高个子警察的名字，"这个拼图应该是两千片吧？"

　　"是的。"

　　"那这是怎么回事？少一片也就罢了，怎么会多一片？"胖警察盯着手掌上的一片拼图说。

"有人往里面放了一片？"

"没错。但是是谁，又是为了什么呢？"

"不知道……"

"野上，给局里打电话，让有空的人都过来。"

"然后呢？"

"还用说？现在就来拼拼图，看看到底哪片是多出来的。"

"明白！"

高个子警察迅速起身，走向角落里的电话机。他拿起听筒后，胖警察又说："让鉴定人员也过来，要尽快！"

3

　　葬礼结束时已是傍晚。水穗和青江一起乘坐佳织的车回家。佳织的车是一辆改装过的面包车，轮椅可直接放上去。之前都是宗彦负责开车，今天则是永岛驾驶。

　　"我觉得还是我来开比较好，"青江坐在副驾驶座上，不时地瞟着永岛说，"我得赶紧习惯这项任务。"

　　永岛不以为意地沉默不语。佳织从后面说："你习惯什么？别胡说八道！今天是去永岛先生的店，由永岛先生开车再合适不过。"

　　佳织提议去永岛一个月前新开的店里换换心情。那家店刚开业时佳织去过，但她想让水穗也去看看。店里的部分装修还是佳织出的主意。

　　"今天我就不计较了。但是既然伯父去世了，今后总得有人当佳织的司机。"

　　"那也不一定就是你啊。"

"我不行吗？"

佳织没有回应，转而看着水穗说："水穗，你会开车吧？"

水穗点点头。青江回头说："水穗小姐可不行，她又不会一直待在这里，应该快要回去了吧？"

"是吧……"水穗含糊不清地答道。

"不行！"佳织插话说，"求求你了，再多陪陪我吧，就到这次的事情解决为止就好……好不好？"

听到佳织如此哀求，水穗默默地点了点头。其实即便佳织没有提出请求，她也非常想知道案件的后续进展。

"那也是暂时的，总有一天要回去。"青江似乎无论如何都想当佳织的司机。

"这么说的话，青江你也一样。今年春天你不就要毕业了吗？然后你就得离开我们家了吧？"

"我还没决定要不要离开，和我同住一个屋檐下不好吗？"

"对此我毫无感觉。"

"你这么说就太无情了。"青江回过头，端坐着说道，"不过你可要小心，同一个屋檐下，也许有比我更需要警惕的人。"

"你这话什么意思？"前方是红灯，车子停了下来，一直默默开车的永岛拉起手刹，看着青江问道，"你是说这起案件吗？"

"是的。"青江顿了一顿，"那也算是原因之一吧。"

"听起来你在怀疑家里人，有什么根据吗？"水穗冲着青江的后背问。

"现在还没有，但是至少警察怀疑是家里人作案。我跟你说过晨跑的时候被跟踪了吧？"

"警察会设想各种可能性，"永岛说，"就凭这个下不了结论。而且真是家里人的话，应该早就抓到凶手了吧，毕竟嫌疑人范围很窄。"

信号灯变绿，永岛发动车子。

"你的观点非常符合常识，但是太过平淡无奇。"

"你什么意思？"佳织语带怒气，从轮椅上探出身子说。

"别那么生气，平淡无奇的意思就是很正常而已。那天晚上家人都聚在一起，难保没人包庇凶手，毕竟谁都不希望身边出个杀人凶手。"

"你竟然怀疑大家，太不像话了！而且毫无依据！"佳织紧咬嘴唇，瞪着青江的侧脸。

青江若无其事地说："不像话吗？我其实不是没根据，只是思来想去，只有这么一个结论而已……算了，不说了，我也不希望自己的心上人伤心。"青江微微一笑，回过了头。

佳织瞪了他一会儿，又转向水穗，好像在等水穗说些什么。水穗什么也没说，因为她也认为凶手就在十字大宅里。此外，永岛一直黯然不语也让她心生疑窦。

永岛的美发店挂着"暂停营业"的牌子。店门由一整面玻璃构成，里面飘出洗发水的香味。店面不大，只有四个座位，但最里侧的墙整面都是镜子，显得非常宽敞。

"我喜欢这种颜色典雅的墙壁，其实我本想把所有墙都统一刷成这个颜色，但爸爸说，要让店里显得宽敞，最好有一面墙都用镜子。"

"宗彦姨父说的？"

"负责这家店装修的是爸爸公司的老客户，爸爸也来视察过几次。他之前很少在这种事情上发表意见，也不知这回他是怎么想的。"佳织说完，又小声说，"我妈妈一次也没来过。"

水穗和青江坐在等候区的沙发上，佳织把轮椅挪到旁边。永岛正在冲咖啡。沙发旁边有个小书架，上面放着漫画和周刊杂志。

"店里有几个员工？"青江边环顾店内边问永岛。

"男女各一个。男的之前和我一起工作过，女的还是实习生。"

"女实习生好像很年轻吧？不到二十岁？"佳织看着挂在墙上的白围裙问。

"很年轻，高中毕业，现在在技校。一个曾经帮助过我的人让我照顾她。"

"长得很可爱吧？"佳织有些郁闷地说。

永岛用托盘端来四杯咖啡。他大概常给客人上咖啡，动作十分娴熟。

"以永岛先生的年纪能经营一家这样的店，应该很不简单吧？"青江端起一杯咖啡，再次环顾店里说。

"是啊。除非继承家业,不然的确很难。"永岛用杯子暖着手，说，"所以我真的很感谢竹宫伯父。"

大家都知道，他嘴里的竹宫伯父指的是幸一郎。幸一郎生前就留下遗言，指明要留给永岛的遗产数额。据说永岛的店就是用这笔钱建起来的。

　　"但据说实际上永岛先生得到的遗产比别人少了一个零啊。"青江边说边观察永岛的表情，"虽然不是嫡出，毕竟也是亲生儿子，再多拿点也是应该的。可实际上开了店交了税之后就不剩多少了吧？"

　　"我已经知足了。竹宫伯父能分给我遗产，我已经感激不尽。"

　　"真的吗？"青江意味深长地撇了撇嘴，"那个跟竹宫家完全没有血缘关系的宗彦伯父，最后却拿得最多。您一定很不满吧？"

　　永岛把视线从咖啡杯上抬起，想说些什么。佳织却先插嘴道："青江，别说这种无礼的话！"

　　"我不知道你想听我说些什么。"永岛的语气很平和，但表情很严肃。

　　"没什么。"青江满不在乎地喝了一口咖啡。

　　永岛和佳织一句话也不说地望着青江。水穗一边尴尬地看着三人，一边端起杯子。

　　咚咚咚的声音就在这时响起。水穗回头，只见有人在敲玻璃门。

　　"没看到挂着暂停营业的牌子吗……"永岛说到一半突然停了下来，因为他发现敲门的男子不是别人，正是警察山岸。山岸正满脸堆笑地冲他挥手。

"都追到这儿来了，那个重量级警察。"青江打趣道，"也不知是来找谁的。"

永岛刚起身把门打开，山岸肥胖的身体就挤了进来。

"大伙都在啊。"山岸笑眯眯地说。高个子警察野上也跟了进来。野上看起来有些紧张，直觉告诉水穗一定发生了什么。

"有何贵干？"永岛问道。

"当然是有事才来的。有话想问您。"

"什么？"

"您前天夜里去十字大宅了吧？"

"去了，怎么了？"永岛的声调稍稍抬高了一些。

山岸两眼放光，问："然后住了一晚上？"

"当时天色已晚，他们就让我住下了，不可以吗？"

"当然可以，但是您随意进出案发现场，可就让我们为难了。"

"……"永岛一时语塞。水穗注意到他的视线游移不定。

"哎，放哪儿了……"山岸故意翻找裤兜，随后拿出一个小塑料袋，举到永岛眼前，说，"您一定记得这东西吧？"山岸依旧满脸笑容。

永岛起身看着塑料袋。水穗也站了起来。袋里装的似乎是一片拼图。水穗不明白这意味着什么，但永岛的神情告诉她这非同寻常。

永岛的嘴唇颤了几下，颤抖着问："这东西怎么了？"

"这东西怎么了？"山岸故意睁大眼睛，"这话不该您问吧？"

山岸左手拿着袋子，右手指着里面的拼图，说："好好看看。拼图的这个角有点黑吧？我们化验过，这是宗彦先生的血迹。"他接着说，"而且，我们还在拼图上检测出永岛先生您的指纹。"

永岛看着山岸手指的部分，不停地眨着眼睛，还用左手摸了摸嘴角。他瞥了水穗他们一眼，又对山岸说："怎么会……"

"这片拼图怎么会被我们发现，是吗？那是因为您犯了错误。"

"错误？"

"一会儿再告诉您。首先请您告诉我们，您为什么会触碰这片拼图？"

永岛好像被山岸的话语震住了，后退了几步，说："这里面有原因。"嗓音十分嘶哑。

"当然有原因。"山岸抬高声音说，"这么多状况凑在一起，必定有复杂的原因。"

"请听我解释。"

"当然，"山岸边收回塑料袋边说，"但得在警察局听您解释了。我相信原因一定很复杂。"

他冲一旁的野上使了使眼色。高大的野上迅速站到永岛身旁，推着他的后背催他离开。

永岛深吸几口气，待自己平静下来后，对水穗说："麻烦您把店门锁上。还有，您会开车吧？"说着，他把两把钥匙交给水穗，一把是店里的，一把是汽车的。

水穗点头接过了钥匙。

"永岛先生！"佳织忍不住喊了出来。

永岛看着她，缓缓地点点头，说："放心，我很快就会回来。"说完他又转向警察，"我们走吧。"

山岸神情紧绷，冲水穗等人点点头，先出了门。野上推着永岛紧随其后。佳织又喊了一声"永岛先生"，这次永岛没有回头。

4

"我猜永岛先生应该没什么大事。"青江边熟练地发动车子边说。他们正准备从永岛的店里回十字大宅，最后还是由青江开车，水穗和佳织一起坐在后座上。

"你怎么知道？"佳织的眼眶有些发红，声音也不像平时那么温柔。

"因为永岛先生很聪明。如果他是凶手，不会犯把指纹留在证物上这种低级错误。"

"证物？是那片拼图吗？"

"从警察的口吻和永岛先生的反应来看，应该就是了。而且不是说上面还沾着宗彦伯父的血迹吗？"

"警察是在哪儿找到那片拼图的呢？"水穗从青江身后问道。

"是啊，在哪儿找到的呢？那个姓山岸的警察说永岛先生犯了错误。"

"为什么永岛先生会碰过那片拼图呢？"

"就像他说的，应该有复杂的原因。但是，即便永岛先生不是凶手，某些情况下也可能会有不太好的后果。"

"什么意思？"水穗问道。

青江若有所思地沉默了一会儿，说："关键在于永岛先生是在哪儿拿到的拼图。如果是在十字大宅里面，就会……"

水穗后背一阵发凉。她认为现在只有自己知道宗彦睡衣上的纽扣曾掉在宅子里，但如果青江所说属实，那警察就会确信凶手就在宅子内部。

"看来你无论如何都希望凶手就在家里。"佳织责备道，她右手扶额，"还是先想想永岛先生怎么办吧，他能解释清楚误会吗？"

真的是误会就好了——水穗边看着佳织边想。既然永岛当晚也在十字大宅，自然有可能是凶手。

青江驾车回到十字大宅时，水穗发现周围的情况非比寻常，宅子外停着好几辆陌生的车。

"警察的车。"青江说道。

大门口站着一名眼神凌厉的男子。水穗他们坐车进入时，他投来刀子般的目光，但并没有开口阻拦。

水穗和青江一起推着佳织的轮椅走进屋子。和花子看到他们进来，急忙走了过来。她已经把丧服换成普通衣服。

"听说永岛先生被警察拘捕了？真的吗？"和花子小声问道。看来永岛被带走这件事已经传开了。

"不是拘捕。"佳织答道,"是协助调查。"

和花子含糊地点了点头:"这样啊……"

水穗他们来到客厅,胜之和松崎在沙发上坐着,两人看起来都心神不宁,不停地抽着烟。

"永岛先生并未被警察拘捕。"和花子对两人说。

"到底是怎么回事?"胜之问道。青江把在永岛店里的经过说了一遍。听到警察发现了带血的拼图,两人都变得神色紧张。

"原来是这样。"胜之点头道。这时,楼梯处传来男人的说话声和脚步声。

"警察吗?"水穗问。

和花子满面愁容地点头说:"刚来的,说想看一些东西,要去每个人的房间查看。你外婆正陪着他们。"

"是不是查看永岛住过的房间?"松崎征求意见似的问。胜之表示有可能。

警察们很快从楼上下来了,但完全无视水穗等人,而是快步走向玄关。一名警察拿起电话,神情严肃。

"到底怎么了?"佳织握住水穗的手,担忧地问道。水穗也不清楚,只能默默地反握住她那纤细的手。

警察放下电话回到客厅,环视众人道:"一会儿有重要的事情要告诉各位,请大家在此等候。"说罢,这名年轻的警察便离开了。

几乎在同一时刻,静香从二楼下来了。她看起来十分疲惫,脸色也不好。

"妈，您没事吧？"胜之赶紧起身握住静香的手。松崎也给静香让了座。

"没事，不用担心。"静香坐下，喝着铃枝端来的茶，长出一口气。

"妈，警察在查什么呢？"和花子问道。

"我也不确定。他们好像在查看宗彦收集的东西。"

"收集的东西？拼图和帆船模型之类？"胜之问道。

静香点点头说："一开始先看了宗彦的房间，之后检查了每个房间里的拼图和模型。我问他们为什么调查这些，他们也不明说。"

"外婆，警察有没有提起永岛先生？"佳织不安地看着静香，问道。

"我问了好多次，但他们总是含糊其辞。我觉得警察突然来这么一番调查与永岛被带走应该有关系。"

静香的话让众人陷入沉默。警察不寻常的举动，让每个人都有不祥的预感。

"他们到底想干什么？"胜之难掩焦躁，气愤地说。

屋里的气氛更加凝重。大约一个小时后，警察又来了。这次山岸和野上也来了。尤其让水穗等人在意的，是永岛也跟在他们身后。

"永岛先生！"听到佳织的呼喊，永岛点了点头，又痛苦地咬着嘴唇低下了头。

"大家都到齐了吧？"山岸胖胖的身躯向前探了一步，双手背在身后观察众人的神色。

　　"您还真像个名侦探啊，"青江略带讽刺地说，"这简直就像推理小说的高潮环节嘛。"

　　山岸露出得意的笑容，看着青江说："真让您说对了，的确就是高潮。"

5

山岸缓缓地转过头，继续观察众人的反应，然后用右手挡住嘴清了清嗓子，随即又把手背在身后。

"那么，"他开口说道，"在进入正题之前，我先梳理一下至今为止案件侦办的经过吧，这样会更清楚。"

说着，他走到通往地下的楼梯，指着地下室说："您家主人宗彦先生和秘书三田理惠子被杀一案，我们起初是按照有人从外面潜入作案的方向调查，因为有疑似凶手戴过的手套掉在后门外，宗彦先生的睡衣纽扣也是在屋外发现的，但我们竭尽全力仍没有发现任何外人潜入作案的痕迹。一个会这么不小心留下手套的凶手，却没有留下其他任何痕迹，这非常奇怪。"

"凶手会不会觉得扔掉手套也没什么风险？那个手套的确没起到什么作用啊。"胜之反驳道。

山岸神色自若地说："从凶手的心理角度来分析，这也很奇怪。就算要扔，难道不是逃得远点再扔更安全吗？"

"……"

看到胜之无言以对，山岸满意地点了点头，说："当然，我们也并未就此认定凶手就在宅子内部。只是，我们决定开始留意各位的行踪。"

留意行踪——真会说话，水穗心中暗讽。

"得到破案线索缘于偶然。"山岸微微挺起胸，从上衣口袋里掏出一支圆珠笔，说，"我把这支笔落在了案发现场，今早前来寻找。当时各位都在参加葬礼，宅子里只有铃枝女士。就在那时，我们发现有人进入过案发现场。"

众人的表情瞬间紧张。山岸把拿破仑肖像拼图的盒盖破损、清点拼图片数后发现多了一片等情况告诉了众人。接着，山岸冲一旁的两名年轻警察使了个眼色。两人离开房间，搬回一幅巨大的拼图。骑在马上的拿破仑跃然于画面上。有人不禁赞叹了一声。

"这拼图确实不错。两千片都拼好可是个体力活儿，我叫了几个年轻人一起拼，但还是比预想中花了更多时间。"

山岸又使了个眼色，两人把拼图放到房间角落。

"那么，我们拼好后，自然就发现多出了一片。就是这片。"

山岸又拿出刚才的塑料袋："各位请看。"他把塑料袋交给身旁的铃枝。铃枝传给众人看，袋子里装着一片蓝色的拼图。

"这片拼图上沾有宗彦先生的血迹，同时还检测出永岛先生的指纹。根据这些信息，我们认为永岛先生曾潜入音乐室，偷偷地把这片拼图放进了盒子。就此问讯他本人后,他也承认了。"

所有人的目光都投向永岛，他只是按着自己的内眼角，一动不动。

"问题在于，"山岸又提高了声音，"为什么永岛先生会这么做？还有永岛先生为什么会有这片拼图？对此，永岛先生起初是不愿回答的，但在我们的劝说下，他终于开口了。他说……"

山岸说到这里顿了一顿，环视众人后说道："他说就在发现宗彦先生的尸体后，在宅子里捡到了这片拼图。大家听清楚了吗？是在宅子里捡到的，就在楼梯这里。"山岸站到通往地下室的楼梯口说，"我们就此思考，为何沾有宗彦先生血迹的拼图会掉在宅子里？如果凶手是从外部进入，出入都走后门，不可能有东西掉在这里，自然只能得出一个结论。永岛先生也得出了同样的结论，所以才想把拼图放回盒子里。显然，凶手是那天晚上住在这栋宅子里的人——就在各位当中。"

山岸的声音又提高了，在客厅里回响。水穗很想挨个观察众人的表情，她知道一定有人因为山岸的话震惊不已。

"现在做什么都来不及了。不知凶手能不能自己站出来？"山岸双手背在身后，目光看着别处问道。从他的神态里，水穗确信他已经知道凶手是谁。

接下来便是长长的凝重的沉默。山岸一直很有耐心地等待着，但似乎等待了太久，他又长叹了口气，对众人说："既然这样，那我接着说吧。关于这片拼图，"山岸把塑料袋举到眼前，"如刚才所说，这不是散落在案发现场的拿破仑肖像拼图的碎片。那么，这到底属于哪幅拼图呢？揭开谜底之前，我们先来想想为什么拼图上会沾有血迹。"

水穗听到此处不禁倒吸一口凉气。既然这不是案发现场留下的拼图，为何会沾有宗彦的血迹？这的确令人费解。

"我们注意到永岛先生捡到拼图的地点，那附近会不会还有其他沾有宗彦先生血迹的东西呢？经过鲁米诺试剂检测，我们发现……"山岸拿起脚边的垃圾桶，"垃圾桶里也有血液痕迹。"

众人的目光都聚焦在藤编的垃圾桶上。没有人说话，也许大家都不明白从这里检测出血迹意味着什么。

山岸接着说："垃圾桶里有血迹，就意味着有人往里面扔了沾有血迹的东西。那么到底扔了什么呢？而且垃圾桶里的血迹有被擦拭的痕迹，又是谁擦的呢？"

"那不就是……"胜之开了口，看了看众人接着说道，"那不就是凶手自己吗？"

"不，不是凶手自己。如果还需要擦拭血迹，那凶手一开始就不会把东西扔进垃圾桶里。擦掉血迹的人，是想掩盖凶手在家中这一事实的人。此人发现垃圾桶里沾有血迹的东西后，当机立断，决定把它处理掉。当然，此人当时已经知道音乐室里发生的惨剧。"

山岸踱着步子，突然站定，弯下腰盯着一个人。

"铃枝女士。"他的声音稍稍缓和了一些。铃枝则垂头看着地面。"垃圾桶的血迹，是您擦的吧？能做到这些的，只有比所有人起得都早的您了。"

铃枝一言不发，只是低头摆弄着围裙。

"真的吗？你要说实话！"静香从她身后说道。

铃枝垂着头转过身，缓缓地闭上眼睛，随即又睁开双眼，看着山岸说："您说得没错。"她的声音十分沉重，众人都屏住了呼吸。

"嗯。垃圾桶里是什么？"

"是手套。"

有几个人忍不住惊呼出声。那副手套原来丢在宅子里！

"那么能不能请您原原本本地说清楚，当天从您起床之后都发生了什么？"说着，山岸从餐厅拿来一把椅子，重重地坐了下去。

铃枝先是犹豫了一会儿，之后边摆弄着围裙边说了起来。

那天早上，正准备打扫卫生的铃枝，看到楼梯旁的垃圾桶后大吃一惊，里面有一副沾满血的手套。她有种不祥的预感，便小心翼翼地下楼查看，发现音乐室的门开着。隔着门缝，她看到了更加恐怖的场景：宗彦和理惠子死在里面。铃枝几乎要叫出声来，但她同时冷静地思考这和垃圾桶里的手套有什么关系。由于后门还上着锁，她很快得出结论：凶手就在宅子里。

她清扫了垃圾桶，把手套扔在后门外，又把后门的锁打开。这么做自然是为了包庇凶手。

"这么说可能不合适，但我的确恨着老爷和那个秘书。比起他们，我更希望活着的各位能平安无事。"铃枝用这句话结束了她的讲述。

山岸听完她的话，稍稍思考了一会儿，右拳抵着太阳穴问：

"您是怎么清扫垃圾桶的？"

"用餐巾纸擦的，餐巾纸都用马桶冲走了。"

"垃圾桶里有其他东西吗？"

"没有，我没看到。"

"您说当时后门是锁着的？"

铃枝点点头。

"后门的指纹也是您擦掉的吗？"

玲枝又点点头。

山岸俯视着铃枝，仔细观察她的表情，似乎在判断她是否在撒谎。"您还有没有做其他伪装？除了擦拭垃圾桶、扔掉手套、打开后门的锁之外。"

"还有头发……"

"头发？"

"是的……"铃枝搓着双手，缓缓说道，"老爷的手指缝里夹着几根头发，我把头发抽了出来，和餐巾纸一起冲走了。"

"您可真是……"山岸长叹一声，无奈地摇了摇头，"要是有那些证物，案子马上就能侦破。"

"是的。可是，"她顿了一顿，"我真的希望案子不要被侦破。"

"看来您的确是这么想的。除了这些，还有别的情况吗？"

"没有了……"铃枝说到这里突然想起了什么，又说，"我忘了还有纽扣。"

"纽扣？哦，就是那枚睡衣上的纽扣吧？"

"是的。老爷身边掉着一枚纽扣，我为了让它看起来像是凶手扔的，就用布擦掉上面的指纹，扔在了后门外。"

宗彦姨父身边掉着纽扣？怎么可能？！水穗想道。那天半夜自己是在二楼走廊上发现纽扣的，怎么会掉在宗彦姨父的尸体旁边？铃枝在说谎！水穗掌心渗出汗。

"原来如此！这样一来就很清楚了。"山岸猛地从椅子上站起，又在众人面前踱起步来，转了一圈之后拿起垃圾桶说，"正如刚才铃枝女士所说，这里面扔着沾有血迹的手套，应该是凶手扔的。但是我们推测，凶手此时除了手套还扔了一样东西。那就是永岛先生捡到的拼图。"

山岸又举起拼图，说："凶手作案后把手套扔在这里，但发现自己不慎也带了一片拼图，应该是挂到了衣服上。凶手误以为那是案发现场拿破仑肖像拼图的一部分，就决定和手套一起扔在这里，拼图上的血应该就是这时沾上的。但不知道是凶手没扔好，还是铃枝女士拿手套时带了出来，总之这片拼图掉在了垃圾桶旁，而永岛先生在众人发现尸体后发现了它。"

一口气说完后，山岸再次环视众人。

这时胜之开口道："可这片拼图并不是拿破仑肖像的一部分。"

山岸像是等着这句话似的，重重地点了点头："没错。其实，凶手是在别的地方不小心带走了一片拼图，却误以为那是拿破仑肖像拼图的一部分。"

"要说别的拼图，不是伯父房间里的藏品，就是会客室里的鹅妈妈拼图了吧？"青江不假思索地说道。

"没错。但我们查验后发现，所有拼图都在。"

原来刚才警察就是在查这个。

"那是为什么？"静香问。

"非常简单。"山岸说，"凶手把那片拼图扔了，换了一片全新的补上，而谁能做到这一点？这么一想，答案就很明显了。"

山岸快步走到一人面前，用粗大的食指指着那个人："凶手就是你，松崎先生。"

松崎低垂着头，一动不动，像是没有意识到已被警察指认为凶手。过了好一会儿，他才缓缓地抬起头，说了一句"为什么"，声音轻得就像在自言自语。

"为什么？"山岸仿佛听到了不该听到的话似的睁大了眼睛，说，"稍稍一想就明白了。首先，宅子里有三幅没拼好的拼图，一幅是拿破仑肖像，一幅是鹅妈妈，还有一幅是拾穗者。我们已经知道这片拼图不是拿破仑肖像的一部分，那就该属于剩下的两幅拼图之一。但拾穗者拼图放在宗彦先生的房间里，案发前谁都不可能接触到。"

"所以就只剩下鹅妈妈拼图了……是吗？"胜之艰难地开口说。

"没错。保险起见，我们查验了这片拼图的画面，这的确是鹅妈妈拼图的一部分。准确来说，这是骑鹅老奶奶衣服的部分。那么，到底谁能接触到这幅拼图呢？我们想起案发前一天晚上，据说宗彦先生曾在会客室里拼过鹅妈妈拼图。而当时和他一起的就是——"

"就是我和……松崎。"胜之皱着眉头，看着松崎。

"是啊。您二位陪宗彦先生玩到很晚，可能某片拼图就在那时掉在了裤角之类的地方。"

"你胡说！"松崎脸色苍白地喊出了声，"就凭这个就认定我是凶手？"

"当然不止这一点。"像是故意要逼急松崎似的，山岸缓缓地说，"我们来想一想。刚才也说过，鹅妈妈拼图完好无损。明明应该少一片，却完好无损。为什么？因为凶手也意识到自己犯了重大错误。他意识到自己扔掉的那片原以为属于拿破仑肖像的拼图，其实是鹅妈妈拼图的一部分。凶手担心，一旦知道丢的那片属于哪幅拼图，怀疑范围就会一下子缩小很多。于是凶手决定偷偷地买一幅鹅妈妈拼图，来个偷梁换柱。那么，问题来了：凶手是什么时候发现自己扔掉的是鹅妈妈拼图中的一片呢？"

"就是那时！"青江喊道，"案发当天，大家都在会客室里，那时松崎先生在拼鹅妈妈拼图！"

水穗也想起来了，在胜之等人商量今后的安排时，松崎在房间一角拼着拼图。

"松崎先生就是那时发现拼图少了一片，也意识到那正是自己扔掉的。于是您就想，至少不能让别人知道拼图少了一片，便故意装作没站稳，把拼图掉在了地上。"

"那么，那时候……"和花子忍不住开了口。看来她也回忆起案发当天松崎弄乱鹅妈妈拼图的情景。

"不，那是碰巧……"

"您想说是碰巧弄掉的？"山岸接过松崎的话说。

"是……"松崎小声道。

山岸瞪大双眼，粗大的手指点着松崎的胸口，说："那我问您，您是否记得当时的情形？当时我也在场，可记得很清楚。您一边捡拾掉在地上的拼图，一边说'本来刚刚拼好……实在可惜'。那时拼图应该已经缺了一片，您又是怎么拼好的呢？"

松崎紧咬嘴唇，青筋暴突的额头边流下一滴汗，紧握的双拳在腿上微微地颤抖着。

"拼图绝对不可能拼好，一定会有一处空白。您却说拼好了，为什么？"

"……"

"反过来说，正因为您一直拼到了最后，才能发现少了一片，不是吗？"

"……"

"您就认输吧，无路可逃了。"山岸严厉的声音在屋内回荡。

让人透不过气的沉默持续了一段时间，松崎双手抱头，呻吟一般说道："我……我是正当防卫……"

第 四 章

人偶师

1

虽说今年是暖冬，还是下了一场许久未见的雪。水穗在佳织的房间里听着音乐，凝望着十字大宅斜对面逐渐被染成白色的松林。

"水穗，你还是要回去吗？"正在看书的佳织忽然抬头问道。

"还是？"水穗望着窗外反问。

"你不是说等案子破了就走吗？我想让你再多待一段时间。"

"嗯……"水穗看着窗外的雪景，思索着该怎么回答。案子真的已经破了吗？听说松崎的确认了罪，但已经过了两天，警察并没有告知更多详情。

还有那枚纽扣……水穗的这个心结还没有解开。那天晚上自己在走廊架子上看到的，难道不是宗彦姨父睡衣上的纽扣？不可能……

"可能还得再多待几天吧。"

听到水穗这么说，佳织松了口气："是吗？那太好了！本来家里就沉闷，要是你也回去了，更没意思了。而且，我还想让你给外婆打打气呢。"

自松崎被抓那天起，静香就十分消沉，用餐时间都很少见到她的身影。

水穗从窗边走到佳织身旁，刚准备坐下，敲门声响起。佳织刚说完"请进"，青江那张俊秀的脸就探了进来。

"简直像废墟一样，"他说道，"我是说这栋宅子。刚才回来时我从远处观望，这里就像废墟一样。"

"既然是废墟，你还回来干什么？"

"可能的话我也不想回来，但只要你还在这里，我就不能这样。"青江面不改色地说道。

水穗不禁暗暗佩服他。他对轮椅上的佳织如此执着，难道真的只是为了财产吗？

"我从学校回来的路上去了趟公司。"青江理所当然似的坐到佳织旁边，从桌上拿起一块饼干。

"公司？"水穗问道。

"我去见了见近藤伯父。案件的进展之类我什么都不知道，作为被卷入其中的一员，我当然有权知道案情。"

"他告诉你了吗，青江？"佳织一脸认真地问。

青江吃着饼干苦笑道："你要是总能用这么炽热的目光看我就好了。嗯，他告诉我了。这下你不打算把我赶出房间了吧？"

佳织沉默不语。青江自顾自地笑了笑，又正色说："进展很不顺利。"

"有什么问题吗？"水穗问。

"何止是有问题。"

"到底怎么回事？别卖关子了！"佳织调低音响的音量，冲着青江说。

"我没卖关子。我们一点一点说吧。"

青江从松崎的犯案经过说起。据说，松崎起初没有打算杀害宗彦，潜入音乐室是为了偷走一份资料，那份资料是松崎受贿的证据。

"松崎堂舅受贿？"水穗忍不住吃惊道。松崎外表温厚，无法想象他会受贿。

"人不可貌相啊。竹宫产业不是正在东北地区兴建新工厂吗？有很多企业希望参与工厂修建，因此要用招标的方式选择承建方。据说松崎先生和一家企业勾结起来，对招标进行暗箱操作。这种事情很常见。"

"宗彦姨父掌握了证据？"

"不，好像不是。事情就复杂在这里。案发当晚，松崎先生准备睡下时，发现床上有张纸条。上面说，已故的赖子社长发现了你的受贿行为，把你和对方密会时的照片等证据放在了音乐室的柜子里。宗彦社长虽然还没发现，但明天会清点赖子夫人的遗物，要整理音乐室的柜子，今晚再不行动就来不及了——大意就是这样。"

"好奇怪的纸条……"佳织不快地皱起了眉头。

"还不知道是谁写的吗？"水穗问道。

青江摇了摇头："纸条上没写名字，而且全文都是打印出来的。近藤伯父告诉我这些的时候，神色也十分凝重。"

水穗表示理解，又问道："于是松崎堂舅就在半夜偷偷去了音乐室？"

"是的。就算并不完全相信纸条上的话，他也要去确认一下，毕竟做了亏心事。他等大家都睡下之后，一个人下了楼。"

据说松崎走到客厅拿了钥匙，走下音乐室。打开房门，发现里面很黑，只亮着一盏小台灯。准备开灯时，松崎吃了一惊：有人躺在音响前的沙发上，还能听到打呼噜的声音。

不好！松崎咬了咬嘴唇。宗彦的确有时会睡前来听音乐，然后就直接睡在沙发上。

但已经不能回头了，看样子那人不到早上应该不会醒来，若是等到早上再来就来不及了。只翻翻柜子，应该不会有太大响动。

松崎鼓起勇气，靠近柜子，打开柜门。纸条上说证据放在柜子里，却没有具体说明在哪里，他便先从抽屉翻起。就在他全神贯注地在第二个抽屉里翻找的时候，有人从后面抓住了他的肩膀。

松崎说他连喊出声的工夫都没有。那人从背后反剪住他的双臂，右手还握着刀。松崎事后认为，那人当时可能把他看作入室盗窃的小偷了。

两人扭打在一起，过了一会儿对方就一动不动了。待眼睛习惯黑暗之后，松崎才看见那人的侧腹部插着一把刀。他骇得后退好几步，撞到身后的柜子，柜子上的拼图纷纷掉落。

他大脑一片空白，匆忙跑出音乐室，之后一口气跑上楼梯，中途把手套扔到了垃圾桶里。扔手套时有什么东西一起掉了出来，他捡起来一看是一片拼图，便毫不犹豫地把拼图也扔了。自然，当时他误以为那是拿破仑肖像拼图的一部分。

回到自己房间里的松崎，躺在床上不住发抖，睁着眼睛直到天亮。逐渐冷静下来后，他意识到自己无路可逃，唯一的出路就是把事实讲出来，主张自己是正当防卫——这是他蜷在被子里得出的结论。

"可是早上起来之后他大吃一惊。本已想好要自首，结果有人却把现场伪装成了外人潜入作案。更让他吃惊的是，三田理惠子居然也死了。"

果然，水穗暗忖，刚才青江一次也没提到松崎杀了三田理惠子，这正让她困惑不已。

"松崎堂舅说他没杀三田女士？"

"是的。刚才我说进展困难，指的就是这点。"

"但是人的确死了啊！那到底是谁杀的？"佳织罕见地歇斯底里地喊道。

"不知道，总之松崎先生完全否认杀害三田理惠子。他似乎认为把手套扔到门外这些伪装，都是杀死三田理惠子的凶手做的。"

"难道有人在松崎堂舅之后进入音乐室，而正是这个人杀了三田女士？"

"是的。"

"嗯……"水穗思忖着松崎说谎的可能性，会不会是他想减轻自己哪怕一点点的罪行，便编了个故事出来？

"松崎堂舅对拼图有什么说法吗？"拼图也是水穗关注的一点。

"基本上就和那个胖警察说得一样。他还真厉害。"

"那松崎堂舅是什么时候偷换的拼图？"

"案发两天后，他从公司溜出去买了一幅，晚上来偷换的。"

水穗想起那天晚上松崎的确来过，还紧紧地抱着一个皮包。原来当时那里面放的就是拼图。

"但是到头来这些小伎俩反而害了他。什么都不做，或许倒不至于弄到如此地步。"

然而做了亏心事的人或许就是有这样的心理，水穗想道。

"总之，剩下的就是三田理惠子被杀一案了。如果凶手真的不是松崎先生，那会是谁呢？"青江总结式地说。

"青江，你依然希望最好是家里人干的，对吗？"佳织嘲讽道。

"看来我在你心里的形象可是很阴险啊。"青江苦笑道。

"不是。只是看你的样子，好像你对这起案子很感兴趣。"

"的确有点兴趣，这点大家都一样吧。"

"我不清楚……"佳织转过头去。

"不知水穗你对案件怎么看？"

听到青江突然问自己，水穗歪了歪头，说："还什么都不清楚，不过同一个晚上在同一个地点发生两起不同的杀人案……有点难以置信。"

"深有同感。"

"但我也不觉得松崎堂舅在说谎。"

"这我也有同感，那么还剩两种可能性。第一，三田女士看到宗彦伯父死了便殉情自杀。"

"不会是自杀。"佳织冷冷地说道，"她不是那种人，她根本不喜欢我爸爸，只是为了利益才跟他在一起。"

青江和水穗都被佳织的语气惊得说不出话。佳织这才回过神来，低下头小声说："我觉得不是自杀。"

"我也这么认为，"青江平静地说道，"但并不能完全排除这种可能。还有一种可能，是凶手看到松崎先生杀死了伯父，便借机杀了三田女士，想借此嫁祸于松崎先生。"

水穗脑海里闪过一个念头，说："也许在松崎堂舅床上放纸条的就是凶手，为的是把他引到地下室去。"

"是有这种可能。那么问题就是，到底是谁把三田女士叫过来的？除了伯父，还有人能半夜把她叫过来吗？"

"那可不一定。这种人谁知道。"佳织不屑地说道。

"一说到三田女士你就很激动啊。"青江苦笑道，但他很快正色说，"我这么说可能你又要骂我了。如果有其他人杀了三田女士，一定是家里的人。你们还记得吧，铃枝说过后门是上了锁的，凶手根本逃不出去。"

这番话让佳织无言以对，只能默默咬着嘴唇。青江看到她这样的反应，似乎心满意足，说了句"我先走了"便站起身。他朝门口走去，突然又停下脚步回头说："对了，那本书，我有个有意思的发现。"

"哪本书？"水穗疑惑道。

"就是伯父的那本智力游戏书，我借走的那本。"

"哦，什么有意思的发现？"

"还不能肯定地说绝对有意思，但是很可能有意思。反正到时候会告诉你，可能会让你和佳织大吃一惊。"

说罢，青江离开了房间。

2

第二天中午，时隔许久，水穗再次出了门。宗彦的葬礼后，她一直没出门。现在案子已经有所突破，她重获些许自由，警察好像也没有监视她的行踪。

昨天的晚报报道了松崎的情况，基本上就是把青江的话概括了一遍，并说"松崎否认杀害三田理惠子"。

水穗试着猜测普通人看了这篇报道会怎么想。凶手承认一宗罪否认另一宗的情形很常见，可能人们只会觉得松崎不过在撒谎而已。

但水穗心里还有很多疑团。是谁在松崎床上放了纸条？如果他没有杀理惠子，那真凶是谁？把理惠子叫出来的人是否就是凶手？如果是，为什么她会深更半夜答应外出？

水穗心里的疑团一个接着一个。她还想起铃枝说的睡衣纽扣的情形："老爷身边掉着一枚纽扣……"铃枝为什么要在这件事上说谎？

她越想越头疼，便微微摇了摇头。本来是为了换换心情才出来走走，散步时还是不要想这些了。

冰冷的空气让皮肤无比舒适。柏油路上有几处水坑。昨天刚下过雪，今天已回到暖冬。路边还残存的少量积雪，也已经混着污泥变得脏兮兮的。

水穗沿着斜坡一路往下走。这条路车流量很少，两旁建着一栋栋被高墙围起来的深宅大院。道路和高墙之间的水沟里，淌着融化的雪水。

沿路走上十分钟是一处铁道口，从路口左转就可以到车站前的大路。水穗径直穿过铁路，继续沿着斜坡往下走。在第一个路口右转后，水穗来到一座白色的建筑前，这是幸一郎出资修建的美术馆。

这天是工作日，美术馆里的游客并不多。停车场里停着两辆车，一辆是面包车，另一辆是轻型卡车，怎么看都不像是游客的车。入口旁竖着一块提示板，写着"现代玻璃工艺展"。水穗从百无聊赖的工作人员那里买票入场。

馆内一片寂静，但还是有三三两两的游客。停车场里没有别的车，估计这些人是附近的居民。

说到玻璃工艺展，水穗本以为会展出一些用细小或轻薄的玻璃制成的精巧工艺品，但看了展品后，她有些失望。展出的都是些把三角形、四边形等形状简单的玻璃拼接而成的抽象作品。虽然水穗对艺术作品颇有兴趣，还是忍不住加快了参观的脚步。

"您喜欢玻璃工艺吗？"

不知从哪里传来了声音。水穗一开始没意识到那是在问自己。直到听到有人走近，她才抬起头。"咦？"

"真巧。"说话的是人偶师悟净，他还是穿着一身黑衣，系着白色领结。

"不好意思，我没看到您。"

"我应该先打招呼的，刚才太装腔作势了。"

"哪里哪里。您问我喜不喜欢玻璃工艺？"

"是的，您喜欢吗？"

"倒不是喜不喜欢。"水穗把目光转向展台上的玻璃制品，"其实什么都好，玻璃工艺也好，日本画也好……只要能换换心情。"

"原来是这样，各位现在的处境的确让人烦闷。昨天的晚报我也看了，"悟净压低声音说，"很奇怪，他否认自己杀了那位年轻女士。"

"是的……"

水穗想起悟净上次问过一句奇怪的话。他问除了宗彦之外，还有没有人和三田理惠子关系密切。为什么要这么问呢？她转而提议："要不然我们别在这儿站着说话了，找个地方休息一下吧。我有事情想问您。"

"问我？好的，那就去那里吧。"悟净环顾四周后，指着两个展厅之间的休息处说。

休息处放着六张圆桌，空无一人。水穗在悟净的建议下坐在从里数靠窗的第二张桌子旁。悟净说这个位置景色最好，并且就算有人吸烟也不会有烟味飘来。连这些都知道，说明悟净经常来这里，这更让水穗好奇不已。

两人刚刚坐下，水穗便问悟净上次为什么那么问。"您当时说没什么特别的意思。但实际上呢？"

悟净双手放在桌子上，背靠椅子，像是观察水穗的想法一样看着她："您为什么今天突然要问这个呢？"

"因为，"水穗低头看向指尖，"我实在想不通。"

"您的意思是……"

"关于这起案子，我也思考了很多。现在我觉得把三田女士叫出来的可能不是宗彦姨父，但是半夜能把她叫出来，关系一定非比寻常。这么一想，您提的那个问题就在我脑海里挥之不去了。您那天为什么会问除了宗彦姨父之外，还有谁和她关系密切呢？"

"原来是这样。"悟净挺直上身，双肘支着桌子，双手交叉说，"我那么问的原因很简单。首先我是这么想的：宗彦先生遇害时，三田女士是在那里，还是不在那里？从常识来判断应该是后者。因为要是在那里，她会尖叫或者逃跑。"

"尸检结果也表明两个人的遇害时间有一段间隔。"

悟净点点头表示同意。"那情况应该是这样：凶手把宗彦先生的尸体留在房间里，静候三田女士到来——"

"是的。"

"但作为凶手，恐怕不能只是傻等着，因为从音乐室门口可以清楚地看到尸体。只要一进入房间看到尸体，三田女士就可能大喊大叫。"

"那先把尸体藏在某处呢？"

"我觉得没有这个可能性。尸体上散落着掉下来的拼图，如果移动过尸体，就不会这样。"

"的确。"

"这就意味着凶手要在三田女士发现宗彦先生的尸体、引发骚动之前把她杀掉，怎么才能做到这一点呢？"

水穗右手撩起头发，稍稍歪了歪头，这是她思考问题时的习惯动作。"在三田女士进房间之前下手……"

"没错。"悟净笑道，"我认为三田女士是在进入音乐室前遇害的，凶手可能一直在后门到音乐室之间的走廊上等着她。"

"也是在走廊上杀了她？"

"对，趁她不注意时下手。"

"然后把尸体拖到音乐室里？"

"很有可能。"

这是一个十分大胆的推理。水穗想起之前带悟净去地下室时，他曾仔细地观察室内和走廊的情况。原来那时他就在考虑这些。

"这样想的话，凶手的身份就逐渐清晰了。他必须是一个三田女士半夜遇到也不会心生戒备的人，必须是一个相当亲密的人。"

"凶手会不会先藏在走廊上，趁三田女士不注意时突然袭击？"

水穗试着提出反驳，走廊上有一扇和储藏室相通的门，想躲起来不是不可能。

悟净摇摇头，缓缓地说："那样的话，凶手会从背后下手，但三田女士是身体正面被刺。"

"嗯，的确是……"水穗轻轻点头表示赞叹，"所以您当时才会那么问。您可真厉害！"

"哪里，非常简单的推理而已。"悟净耸耸肩，看来他真的觉得这没什么了不起，"而且我也不能保证我的推测一定准确。我一直以为杀害宗彦先生和三田女士的是同一个人。或许真相更简单，就是三田女士看到宗彦先生遇害，受到打击而自杀。"

"我觉得这不可能……"水穗含糊地说，"您经常遇到这种事情吗？"

听到水穗这么问，悟净咧嘴一笑："怎么可能？我又不是侦探。只是一路寻找那个小丑人偶，总会遇上些奇怪的案子。那个人偶真的拥有不可思议的力量。对了，按现在的状况，还是无法把它还给我吧？"

"嗯，很难说。"水穗撩起刘海歪头说道。如果没有查明三田理惠子被杀的真相，案子就不能算已经破解。

"我这么说可能很失礼，"悟净谨慎地说道，"假如杀害三田女士的真凶另有其人，那个人很可能也是家里人。"

"我不清楚……只希望不要是这样。"水穗咬着嘴唇说。

"我当然也不希望是这样。听说伪装成外人潜入的手脚都是女佣做的。我虽然只见过她两次，但感觉她是个非常认真的人。"

"铃枝女士的确很认真，一直都对我们家忠心耿耿。"

"确实。不然也不会在凶案发生后，首先想到伪装现场，让家里人不被怀疑。"

悟净还说，没有轻易地伪装成入室盗窃是她的聪明之处。若是伪装成盗窃，就要把某样东西藏起来。而一旦警察想要证明是家里人作案，就会拼尽全力找出东西藏在哪里。以警察的人海战术，什么东西都可以轻松找到。

"当然，现在说这些都没什么意义。"悟净不好意思地皱了皱眉，好像为自己说了这么多话感到抱歉。

听着悟净的话，水穗又想起睡衣纽扣。为什么铃枝要说谎？

"您在想什么？"看到她若有所思的样子，悟净问道。

水穗决定和悟净商量一下，他或许会有完全不同的观察角度，而且，这个人值得信任——直觉告诉她应该是这样。

"这些话非常重要，我连警察都没告诉，能不能咨询一下您的意见？"

看到水穗认真的神情，悟净有些诧异地说道："当然，我很荣幸。是什么事？"

"我希望您能先保证，绝不告诉别人。我信任您才会告诉您。"

"这您完全可以放心。我孤身一人四处游荡，就算想说，除了人偶也没有倾诉对象。"悟净说着伸出右手，指尖轻动几下，做出操控人偶的动作。

水穗的神色微微缓和，慢慢讲起宗彦睡衣纽扣的事。在她讲述的过程中，悟净一直盯着她的眼睛静静听着。

"……就是这样。"水穗尽可能地言简意赅，但仍不确定是不是说清楚了。不过，她还是感到胸中一块石头落了地，畅快了不少。

悟净听完后一言不发，环抱双臂沉思着，又抬头望了望天花板，过了好一会儿才探出身说："耐人寻味啊！简单来说，情况就是这样吧：案发当晚您在二楼走廊的架子上发现了纽扣，女佣却说它掉在宗彦先生的尸体旁边，自己捡起来扔到了后门外。"

"是的。"

"您确定在二楼走廊上看到的就是宗彦先生睡衣上的纽扣？"

"是的，我想不会错。"

"嗯。"悟净用食指轻敲眉间，"非常有意思。如果您看到的纽扣和女佣捡到的纽扣是同一枚，那到底应该怎么解释呢？是有人挪动了纽扣，还是女佣在说谎？"

"我一直觉得是铃枝在说谎。"

"咱们从头想一想吧。"悟净仍旧用食指顶着眉间，"首先，为什么纽扣会出现在走廊的架子上？"

"应该是松崎堂舅掉在那里的。两人扭打时宗彦姨父的纽扣掉在了他身上，他回房间时又碰巧掉在了架子上。"

"架子有多高？"

"大概这么高。"水穗把手掌放在比桌面低十厘米左右的地方比了比。

悟净点了点头，问："架子是用什么做的？木头吗？"

"是的。"水穗好奇他为什么问这些。

"上面有没有垫着什么？比如桌布之类。"

水穗想起少年和小马人偶，说："放着一个人偶，只有人偶下面铺着布。"

"纽扣下面什么都没有铺？"

"没铺。"

悟净移开食指，认真地看着水穗说："我觉得东西不大可能掉到这么高的架子上。而且，即便松崎先生真的把纽扣掉在了那里，应该也会发出声音。假如松崎先生听到了，不会把纽扣留在那里。"

"这倒也是……"

"纽扣会不会掉在别处？比如说掉在了地毯上，然后有人捡起来放到了架子上。"

"的确有可能。这样一来，捡起纽扣的人也知道铃枝在说谎。那个人为什么不揭穿呢？"

"这个问题一会儿再说。我们先接着想，纽扣去哪儿了？它被丢到了后门外，是怎么被丢出去的呢？"

"那……不就是铃枝发现之后丢出去的吗？"

"问题就出在这里。"悟净低下头，瞄着水穗说，"即便看见二楼的架子上有枚纽扣，怎么能马上知道那就是宗彦先生睡衣上的纽扣？如果是您呢？您能看到一枚纽扣就认出那是谁的哪件衣服上的吗？"

水穗摇摇头，说："就算是我自己的恐怕也认不出来。"

"是吧？我感兴趣的就是这里。如果纽扣掉在尸体旁边，认为是尸体衣服上的纽扣很正常。但要是掉在距离很远的地方，怎么能把它和尸体联系在一起呢？"

一阵轻微的头痛向水穗袭来，她不禁用右手按住太阳穴。"要不然问问铃枝？"她问道，这是最直接的办法。

"也可以，但是我觉得她不会说实话。正是因为不能说出真相，她才说了谎。"

"话是这么说……"

"到底是不是松崎先生杀了三田女士，还是另有真凶，或者其实三田女士是自杀，现在并不清楚。而且，如果另有真凶的话，这枚纽扣就是解开谜团的一把钥匙，因为凶手完全不知道您已经掌握了这么多。今后凶手的行动中，一定会有能用这把钥匙打开的锁。"

如此重要的钥匙却只有自己一个人掌握，水穗心中涌起强烈的不安，不禁问道："以后还能不能再找您商量？"

"随时可以，我基本上每天的这个时间都在这里坐着。"

果然他每天都来这座美术馆。

两人站起身，沿指示路线来到出口。屋外阳光强烈，水穗不禁眯起眼睛。

"我不是想让您怀疑家人，但还是建议您注意他们的言行。如果有什么异常，请联系我。多小的细节都可以。因为按我的直觉，这起案子的复杂程度超出我们的想象。"

"我会尽力。"水穗伸出右手说。

悟净一时没理解她的意思，愣了一下才反应过来，握住她的手："您要加油啊！"

随后，二人在美术馆门前道了别。

3

　　水穗回到十字大宅，发现搜查一科的山岸和野上两位老熟人又来了。两人都愁眉不展，看来案件进展很不顺利。

　　看到她进来，两人站起身。山岸问道："听说您出门了？"

　　"我去美术馆散步了。您不知道吗？"水穗是在暗讽他们前几天一直跟踪全家人。

　　"不知道。我们也刚来不久。"山岸一本正经地答道。看来风凉话对于这种反应迟钝的人没什么用。

　　"今天您二位有何贵干？"

　　"有几件事想问问老夫人。她说要换下衣服，我们正在等候。"

　　老夫人就是静香。铃枝也不见踪影，大概是去了静香的房间。她因干扰调查被警方处以严重警告，但由于她并无恶意，当天就获准回家，生活已经恢复正常。

　　"这样啊。那您慢慢等着吧。"

水穗说罢准备上楼，山岸从背后叫住了她。"我们也有话想问您，能不能占用您一点时间？"

水穗一只脚刚踏上楼梯，回头问："您想问什么？"

"只是确认一下。"山岸解释道，"案发当晚，您说半夜曾醒了过来，是吗？"

"是的，我的确说过。"水穗盯着他的眼睛，似乎在问这有什么问题。

"您说醒来之后马上打开窗户，看到宗彦先生的房间亮起了灯光。灯光很快就消失了，您也关上了窗户……"山岸边翻着记事本边说，"然后您又上床开始看书，但因为睡不着就去厨房拿了一听啤酒，回来的时候已经是凌晨三点——没错吧？"

"没错。"

"嗯。"山岸收起记事本，双手叉腰，仰头看向天花板，小声叹了口气。

"有什么问题吗？"水穗不耐烦地追问。

山岸直视着她，问："从您醒来到去拿啤酒之间，大概过了多长时间？按您大致的感觉估算就行。"

这次轮到水穗叉腰苦想。这个人的问题还真是麻烦。"我也不大确定。大概半小时到一个小时吧。"

"半小时到一个小时。"山岸重复道。一旁的野上迅速开始记录。

水穗马上后悔自己回答了这个问题，说："我也不确定。如果你们想让我在法庭上就刚才所说的内容做证，我一定会拒绝。"

两名警察对视一眼，开始苦笑。水穗觉得他们是在嘲笑自己，非常不快。

"我们不会这么要求您。只是想参考，才跟您确认一下。"山岸脸上堆笑道，"之所以跟您打听，是因为我们遇上了棘手的问题。"说完这句话，他已是一脸严肃。

"什么问题？"

"松崎的供词有一点非常奇怪。"

松崎——警察已经开始直呼其名了。

"他说杀死宗彦先生回到自己的房间时，曾无意间瞥了一眼钟表，说应该是两点左右。"

"两点左右？"

如果宗彦房间里的灯光是两点到两点半之间亮起来的，就说明宗彦当时还活着。松崎不可能在两点之前杀死宗彦。

"您也觉得不可能吧？"山岸好像看透水穗在想什么似的说道，"当然，松崎自己也不是非常肯定。他说也许是他看错了，因为刚杀了人，心情十分慌乱。"

"也许是我记错了。"水穗坦率地说道。

"当然。但是，你们两位都没记错也有可能。您只是看到宗彦先生的房间亮起了灯光，并没有看见他本人。"

"您是说房间里的不是宗彦姨父？"

"只能这么想了。那么究竟是谁在那里呢？"山岸露出疑惑的目光，歪着头说。

"我不知道。"

"我想您也无法知道。当然，我们也不知道。"

水穗突然生出一股厌恶感。山岸是在暗示，除了松崎之外，这个家里还有一个凶手。"您问完了吗？"水穗故意让自己的语气听起来很不开心。

"问完了，很抱歉耽误您的时间。"

"那我也有个问题想问您。"

"什么问题？"

"案发之后你们一直不让我们进音乐室，现在还不能进去吗？"

山岸轻轻挠了挠鼻翼，看了一眼野上，又对水穗说："听说各位平时很少去音乐室，我们才这样做……您有什么事情吗？"

"我想从音乐室拿一样东西。以前也跟您提过，就是那个小丑人偶。"

"哦，那个啊。"山岸露出不快之情。

"有人要买走它，我们已经让人家等了很久，而且我也不觉得拿走它会影响案件调查。"

山岸极不情愿地想了一会儿，似乎怕担责任，便让野上给总部打电话问问。

野上去打电话的时候，静香和铃枝从二楼下来了。水穗这几天都没怎么见到静香，只觉得她一下子瘦了很多。

"案件进展如何了？"静香一步一步小心翼翼地往下走，问山岸道。

"进展顺利，夫人。"静香下到楼梯最后一级时，山岸伸手搀扶，把她带到沙发上。

"是吗？可是报纸上说还有很多疑团没有解开。"

"他们就爱瞎写，怎么热闹怎么写。"

"可是三田女士的案子的确没破吧？"

"只是时间问题。"

静香在沙发上坐稳后，山岸也跟着坐下。铃枝去了厨房，大概是要沏茶。

"我今天前来拜访，是有几件事情想问您。"山岸搓手说道。

"您想问什么？"

"关于两个月前不幸身亡的您的女儿——竹宫赖子女士。"

山岸的话让静香身体瞬间僵住。她茫然地看向山岸，问："您想知道赖子的什么呢？"

"我听说赖子女士在公司经营方面非常强势，有一种和男人主导的社会对抗的劲头。"

"是的。先夫一直教导她工作上不分男女。"静香说着挺直了腰板。

"那么如果遇到工作或者个人生活上的问题时，她会找谁商量呢？除了宗彦先生之外，还有没有人？"

"找谁商量？不清楚……"静香双手托腮，微微歪着头，说，"您为什么要问这些？"

"我只是想确认一下。"山岸的语调很平稳，"您也知道，松崎说，因为收到的纸条上指明柜子里有他受贿的证据，他才去了音乐室，但他说纸条已经被他扔了，我们现在无法求证这一点。我们认为纸条一事很可能是他编造出来的。他很可能一开始就打算行凶杀人，但为了主张自己是正当防卫才编出这么一番话来。据说纸条上写着赖子女士知道松崎受贿，我们想确认这是否属实。如果能证明赖子女士并不知道这些，就可以戳穿松崎的谎言了。"

"哦，我明白了……您这话还真是让人扫兴。"静香又陷入沉思。

"比如夫人您呢？关于松崎受贿，赖子女士有没有跟您提过？"

"怎么会。"静香摆手说，"公司的事情我一点也不懂。"

山岸点头表示理解："那是不是还是问一下近藤先生或者和花子女士比较好？赖子女士应该经常找他们两位商量吧？"

这试探性的话语，让在一旁听着的水穗倒吸凉气。

山岸根本不认为松崎说的纸条是假的，相反，他试图刺探出是谁写了纸条。他很可能认为就是这个人杀了三田理惠子。

"我不清楚，您还是直接去问他俩比较好。"

静香正说时，野上回来了。他在山岸耳边低语了几句，山岸点点头，看着水穗说："我们跟总部汇报过了，您可以把人偶拿走。"

"谢谢。"

话音刚落，野上就走下了楼梯，水穗也跟了下去。她听到背后的山岸正在向静香解释人偶一事。

水穗拿着人偶回来时，山岸已从沙发上站了起来，似乎准备离开。

"今天多有打扰，今后还请各位多多关照。"说罢，山岸就带着野上离开了。

等到两人背影消失之后，静香自语道："看来他们无论如何都希望凶手就是这家里的人啊。"

把小丑人偶放在橱柜上的水穗听到此话，不禁"咦"了一声，回过头来。

"真是，自从那个小丑人偶来了后，这个家里就没有什么好事。赶紧把它处理掉吧。"说罢，静香上了楼。

小丑人偶视角

　　整整一个小时，我一直在观察空无一人的客厅。老妇人说我不吉利后很快上了楼，名叫水穗的年轻女子也在她之后上去了。女佣一直待在厨房，她无比勤快，这一个小时里没有迈出半步，只时不时传来些做饭的响动。

　　终于，一个英俊的年轻男子出现在我眼前。身材修长的他大步流星地走进房间。

　　"您回来了。"女佣从厨房探出头说，"最近都回来得很早。"

　　"实在没有心情在大学里悠闲度日。"年轻男子边打量着我边走过来，说，"就是这个吧，那个悲剧小丑。怎么会在这儿？"

　　"有人想买走它，水穗小姐征得警察同意后，把它从音乐室拿了出来。"女佣用托盘端着茶杯走了过来。

　　茶杯还冒着热气，年轻男子道谢后端起杯子。"那些死脑筋的警察能同意这个要求，看来他们觉得案子已经破了？"

　　"也许是吧。"

女佣垂下头准备回厨房。年轻男子叫住她："我有话想问您，铃枝女士。"

看来女佣的名字叫铃枝。

"很抱歉，您可能不愿意回忆这些，不过我还是想问问您当时的情况。"

男子嘴上虽然说着抱歉，语气却十分明快。铃枝瞬间不快地皱了一下眉头，很快就恢复面具般的冷漠神情，说："您请讲。"

"我想问的是头发。"

"头发？"

"是的。您不是说宗彦伯父手里攥着几根头发么，您把它们扔进厕所冲走了。"年轻男子喝了口茶，斜眼看着铃枝说。

铃枝先是微微垂下头，又抬起头说："是的，这怎么了？"

"伯父是右手攥着头发吧？"

铃枝面具般的表情有了些细微的变化，瞳孔上下动了动。"是的，是右手。"她的声音十分低沉。

"明白了。那松崎先生果然在撒谎。"

男子虽然在自言自语，但那语气明显想让女佣也听到。

"撒什么谎？"铃枝问道。

"就是他说本来并不想杀人这一点。"说着，男子喝干了杯里的茶，"松崎先生说宗彦伯父持刀袭击他，他为了抵抗就和伯父打斗起来，刀子不知怎么就扎到了伯父的侧腹部。如果这是真的，那从一开始到最后持刀的都是宗彦伯父。而伯父惯用右手，一定也是右手拿刀。您不觉得用拿着刀的手再去揪对方的头发很困难吗？"

铃枝微微歪了歪头，撩起缠在一起的头发："这我不清楚……"

"我觉得很难。松崎先生一定在说谎。"

铃枝沉默不语，视线投向斜下方。

"是吧？"

"……可能的确如此。"铃枝卷起毛衣袖子，像是想起什么一样回头看着厨房，说，"我可以离开了吗？"

"可以，谢谢您的茶。"

男子把茶杯递给铃枝，铃枝拿着茶杯回到厨房。男子仍站在原地思考着什么，不一会儿，他好像想出了什么妙计似的翘起嘴角，轻快地走上楼梯。

接下来出现的是一对夫妻。铃枝对他们的态度和对刚才那名年轻男子完全不同，显得非常开朗。

"听说岳母很疲惫。虽然公司也很忙，我还是得来看看她。"丈夫递过一个大纸包说。

"妈妈在二楼？"妻子问道。见到女佣点头，妻子说，"那咱们就上去吧。"说着，两人一起上了楼梯。

他们离开后不久，房间一角的电梯缓缓下降，从里面出来的是那个坐轮椅的女孩。她把铃枝叫过来，说："和花子姨妈他们也要和我们一起吃饭，我想把永岛先生也叫来。"

"好的，那我就按您说的准备饭菜。"

"麻烦你了。对了，"她叫住要去厨房的铃枝，"刚才青江好像和你说了些什么，你们都聊了什么？好像提到了松崎堂舅？"

"您听到了啊……没什么，都是些无关紧要的话。"铃枝僵硬地笑着说。

"我想知道。"女孩认真地说。铃枝见无法隐瞒，就小声告诉她刚才那名年轻男子——看来是姓青江——问她头发的事。女孩不解地歪着头，问："他为什么要说这些呢？"

"我不知道青江先生在想什么……就觉得他的笑容不怀好意。"

"哦……反正他就是这么个人，别管他。过几天他就对探案没兴趣了。"

女孩说完，又乘电梯上去了。

接下来的半个小时又是一段寂静的时光。打破这寂静的是一阵门铃声，铃枝隔着对讲机说了两句后便快步走向玄关。

过了两三分钟，我听到她和另一个人的脚步声。

"大家都到齐了，佳织小姐也在等您。"铃枝的声音听上去也很明快，但这与她和年轻男子还有那对夫妻说话时的语气又略有不同。

"吃饭还叫我来实在是过意不去，又给您添麻烦了。"

这是个男人的声音。两人的脚步声在我身后的楼梯处停下，接着我听到脱外套的声音。

"这有什么！永岛先生就像我们自家人一样。外面冷吧？您来杯红茶还是咖啡？"铃枝热情地招呼道。看来来的这名男子姓永岛。

"不用了，我这就上二楼去。您接着做饭吧。"永岛在我身后说道。

"那我去忙了。"

铃枝进入我的视线，径直朝厨房走去。永岛则上了楼梯，但他的脚步声突然中断。

"铃枝女士，有件事想问您。"永岛从楼梯上说道，语气严肃得有些不自然。刚进入厨房的铃枝回头看着他，一脸不安。

"您想问什么？"她的声音也很生硬。

"是关于案子。"是永岛的声音，他好像缓缓地下了楼梯，说，"铃枝女士，您是不是隐瞒了什么？"

铃枝似乎咽了口唾沫，过了一会儿，反问道："隐瞒什么？"

"上次您说的话中似乎隐瞒了什么，就是您说去扔手套什么的那次。"永岛语焉不详地说道。

我不确定他们到底在说什么，但看来和宗彦二人被杀有关。从警察们的话里，我已得知杀害宗彦的凶手是松崎。

"我没有隐瞒什么，我已经把知道的都说了。"铃枝的声音透着不快。

"如果没有隐瞒，很可能是您弄错了。请您再好好回忆一下，比如手套在哪里、捡到纽扣的位置等等，您有没有哪里记错了？"

"没有。您为什么要问这些？"

"理由我现在还不能说……您的记忆一定哪里出了错。"

"不会有错。我还要做饭，先去忙了。"

铃枝微微点点头，逃也似的进了厨房。永岛在楼梯上站了一会儿，见铃枝没有再出来的意思，便继续往上走去。

　　但过了一会儿，铃枝又从厨房里出来了，似乎在专门等永岛离开。她脸色很差，双目充血。此时,在永岛上楼的楼梯对面,也就是我正前方的楼梯上，走下一个人。

　　铃枝回头一看，惊讶地张大了嘴。"您都听到了？"

　　铃枝的目光充满悲伤。楼梯上的人没有回答，似乎只点了点头。

　　"我没有想到永岛先生会问这些……但是您请放心，都交给我吧。"

　　说着，铃枝表忠心一般将十指交叉放在胸前。此时厨房传来响动，她默默鞠了一躬，转身回到厨房。

　　楼梯上的人又走下几级台阶，我终于可以看清此人长相。

　　是那位老妇人。

4

　　水穗在房间里给母亲写信时，有人轻敲她的房门。水穗握着笔应声，青江一脸郁闷地推门进来。这样的青江可是少见。

　　"饭好了。"他说。

　　"哦，谢谢。"水穗关上台灯，从桌前起身。

　　"你给谁写信呢？"青江看到信纸，问道。

　　"给我妈妈。怕她担心。"

　　"汇报案情吗？"

　　"也不算是汇报，只是写了些她可能想知道的情况，让她别胡思乱想。"

　　水穗和青江一同走出房间，恰好看到佳织进入电梯，陪着她的是永岛。佳织面带羞赧的笑容。两人都没注意到水穗和青江。

　　青江站在原地，水穗便也停下脚步。等到电梯门关上，青江才迈出步子，说："这就跟麻疹一样。"他的声音非常平静，"你也有这种经历吧？谁都会有憧憬这种成熟男人的时候。"

水穗颇为意外地看向青江的侧脸，她真切地感受到了青江的嫉妒。

两人来到餐厅时，胜之跟和花子已经在静香对面坐下。比水穗早到片刻的佳织和永岛并排坐在静香旁边，水穗和青江坐到他们对面。

水穗跟和花子帮着铃枝端上饭菜，晚饭开始了。

这天大家都罕见地说了很多话，尤其滔滔不绝的是胜之，一个劲地跟静香聊着歌舞伎和戏剧的话题。静香似乎也饶有兴味，频频点头。

很明显，人人都在刻意避免谈及案件。水穗还是单身这一点成了和花子等人再合适不过的话题，什么该找个对象了、你到底喜欢什么类型、千万不要在澳大利亚结婚等等，无所不谈。对这些调侃，水穗尽可能按他们所期望的回应。他们所期望的，无非是能调动席间气氛的回应。

只有坐在水穗身旁的青江沉默不语。他默默地喝着汤，吃着沙拉和牛排，手上的刀叉时不时停下。他好像一直在思考着什么，一旦思路发生了转折，他的手就会不自觉地停下。

"今天可不像平时的你啊。"水穗冲他说道。

青江像是惊醒过来一样，苦笑道："有很多问题得想，顾不上聊天了。"

"你在想什么？"

"很多，太多了。"青江说着把杯中的葡萄酒一饮而尽。

"侦探先生还真是忙啊。"佳织从对面瞪着青江说道,"你前几天不是说会让我和水穗大吃一惊吗?现在怎么样了?"

"这件事我一定会信守诺言,一定。"青江直视着她,微笑道。

"你们在聊什么?"永岛也加入了谈话,"和案件有关吗?"

"只是一个小谜题而已。"青江还是面带笑容,"但是,如果我没想错,应该会和这起案件有关,而且能让佳织她们大吃一惊。"

"不明白你在说什么。"

"真搞不懂你这个人。"佳织也说道,"你说从我借给你的智力游戏书里得到了启发,要是有什么想法,你就直说嘛。"

"现在还没到说的时候,我需要一些证据。警察办案不也一样吗?不在场证明、指纹、目击者——再不起眼的信息也能起到关键作用。"

永岛或许是觉得无法再继续这种打哑谜似的对话,摇了摇头,没再说什么。佳织也不再理会青江,话题就此结束。

众人开始吃甜点的时候,客厅的电话响了,铃枝跑去接电话。餐桌上,众人正在聊永岛的新店。

铃枝很快回来了,在胜之耳边低语了些什么。胜之回了几句话,铃枝边听边点头。胜之的表情十分严峻。

水穗回过神时才发现,大家都看着胜之。刚刚还挂在每个人脸上的笑容,现在已不知消失在何方。

"好,我知道了。"胜之咬着嘴唇,起身离开了餐厅。众人都停下吃甜瓜的手,让人喘不过气的沉默笼罩了整个屋子。

从餐厅里时不时能听到胜之的声音。虽然听不清具体在说什么，但每当他的声音传来，众人脸上的不安之色便增多一分。五分钟后，胜之回来了。他的额头泛红，表情极不自然。

　　"是谁的电话？"静香问道。

　　"是我的一个下属，"胜之坐下说，"我让他负责和警察联系。据他说，警察已经查明松崎看到的纸条是谁写的了。"

　　"是谁？"和花子问道。

　　胜之咽了口唾沫，说："说是三田理惠子。"

　　好几秒钟没人出声。打破沉默的还是胜之，他说："还有很多细节需要确认，目前并不能断定，但至少可以肯定纸条是用三田房间里的文字处理机打出来的。她的机器是那种一看碳带就知道打印了什么字的，警方从她的房间里找到了印有松崎所说内容的碳带。"

　　"这到底意味着什么呢？"静香环视众人，像在征求意见，"她为什么要给良则留那样的纸条？"

　　"不知道，但至少可以肯定，在这一点上松崎没有说谎。"胜之的表情虽然严峻，但语气带着些许轻松。纸条不是宅子里的人写的，让他放心不少。

　　"那么，三田知道松崎受贿了？"和花子问道。

　　"很有可能，三田曾经在赖子社长手下工作。"

　　"那要是三田女士知道，宗彦先生应该也知道吧？"永岛谨慎地说。好几个人都点头表示同意。

　　"警察也这么认为。"胜之有些不情愿地开了口，"而且警察还认为，对于三田给松崎留了纸条这件事，社长应该也知道。警方觉得让松崎看到纸条并去往音乐室，是社长本人的主意。"

"宗彦有什么理由这么做？"静香责难般说道。

胜之好像认为静香在责备自己，低下头说："现在还没有证据，但他们似乎认为这是个陷阱。"

"陷阱？"

"为了搞垮松崎而设的陷阱。社长虽然知道松崎受贿，但是没有决定性的证据，便留了这么张纸条，看看松崎会作何反应。只要松崎去了音乐室，就相当于承认自己受贿。我虽然不想这么说，但是社长的确觉得松崎很碍手碍脚。也许他想利用这件事把松崎赶出公司吧。"

"那三田半夜过来也是他们计划好了的？"和花子问。

"应该是，大概是来看看陷阱是不是奏效。可是在音乐室里等待她的，却是遇刺身亡的社长的尸体。"胜之说着清了清嗓子，似乎为自己用了这种老套的词句感到尴尬，他又接着说，"警察认为，三田受打击过大，便从尸体身上拔下刀来自杀了。"

"自杀？就她？"和花子不以为然地尖声说道。

"绝不可能！"佳织也反驳说，她的话比其他人的更引人注意，"她根本没有对我爸爸动过真情。"

"但现在警察认为这是最有可能的情况了。"胜之宽慰佳织说，"而且我个人也希望是这样。假如松崎没有说谎，三田又不是自杀，我们还是得每天提心吊胆地生活。"他是在暗示不这样就只能怀疑是家里其他人作案。

"而且还有动机的问题。"青江吃下最后一口甜瓜说，只有他一直没有停下手，"杀掉三田女士的动机是什么？她死了对谁都没好处。"

"我可恨死她了，"佳织直勾勾地盯着青江，恨恨地说道，"恨到想杀了她。妈妈会死也全是因为她。"说完，她又低下了头，好像在为自己忍不住说出这样的话而内疚。

青江叹了口气，眯着眼睛浅笑道："可真是拿你没办法啊。我说凶手可能在我们当中的时候，你还瞪眼骂我呢。"

"我……我觉得松崎堂舅说的可能不是全部实情。"

"松崎先生没有说谎，我这么认为。"

"好了，先不讨论了，说这些无凭无据的话有什么用。"胜之打圆场道，"总之还是先等警察调查的结果吧，这才是最可信的。"

"是啊，我们争来争去有什么用？"静香站起身说，她的声音洪亮得不自然，明显是故意装出一副很有精神的样子，"和花子还有胜之，一会儿能不能来我房间一下？有话想和你们说。"

"好的。"胜之答道。

看静香起身离席，其他人也都站了起来。永岛也准备推着佳织的轮椅前往客厅。

这时，青江突然开口道："松崎先生的确没有说谎。"

这句话让众人的动作瞬间停止，或许是因为他的声音比平时更低沉。

"青江，别说这些了。"水穗边劝他边心生好奇，这不像青江平日的行事风格。

"也需要有人扮演这种角色。"青江看着水穗微笑道，那是一副故意装出的笑容。他接着说："松崎先生的确没有说谎。但是，他有可能无意识地说了谎。"

众人都僵在原地。第一个反应过来的是静香，她像是故意对青江的话置若罔闻一般伸了个懒腰，说："和花子，我在房间里等你们。"她的语气十分自然，反倒让和花子答应"好"的语气显得有些紧张。

静香离开后，永岛也推着佳织离开了，之后是胜之跟和花子。众人好像谁都没听到青江说的话，接连散去。铃枝也同往常一样开始收拾餐桌。只有双目微微充血的青江，像发条松掉的人偶一样僵立在原地。

水穗也走出餐厅，只留下青江站在那里。

这天晚上和宗彦遇害那晚一样，胜之、和花子和永岛也决定住在十字大宅里。众人喝着红酒一直聊到深夜，还听了佳织拉小提琴，水穗也弹奏了自己并不擅长的钢琴。客厅一角的三角钢琴是赖子生前常弹的，佳织也许是回忆起了往昔，听水穗弹奏时禁不住流下眼泪。

胜之跟和花子在静香的房间里待了将近一个小时，据说谈的是宅子归属权的事情。现在赖子和宗彦都已去世，静香希望把宅子交给他们夫妻俩。胜之则说要好好想一想再做答复。

这期间，青江一直待在房间里。水穗边和佳织等人聊天，边挂念着青江。他在餐厅里说的话还萦绕在水穗耳旁，他到底为什么那么说？

而其他人完全不在意青江，也让水穗心生不满，她甚至觉得其他人是故意无视他。

就在这有些诡异的氛围中，十字大宅迎来了又一个夜晚。

5

静香和胜之等人都回房休息后，青江终于出现在客厅。铃枝此时也已回房，只有水穗、佳织和永岛还在。永岛正准备护送佳织上楼。

"你们还没睡啊？"

听到有人在楼梯上说话，水穗端着盛有威士忌的杯子，仰头看去。青江正缓缓地走下来。

"你干什么去了？"佳织问道。

"没干什么，只是休息了一会儿。水穗，麻烦你给我也倒一杯威士忌。"

水穗拿过一个空杯子，放上冰块，倒酒进去。青江接过酒杯，走到小丑人偶面前。

"悲剧小丑……你打算什么时候把它处理掉？"

"快了，"水穗说，"最快明天就能拿走。"

"嗯……这么诡异的人偶，还是早点处理掉好。"

"我不喜欢它。"佳织厌恶地说,"它真的招来了悲剧,而且看起来那么恐怖……怪不得妈妈会摔掉它。"

"摔掉?"水穗刚把酒杯送到嘴边,又停下手问道,"赖子姨妈摔掉了人偶?"

"是啊。妈妈从楼梯跑上来之后,跳下阳台前,抓起人偶摔在了地上,所以人偶之后一直都躺在地上。"

"哦……"水穗不理解赖子为什么要这么做。虽然人偶面目诡异,但怎么说也是赖子喜欢才买来的。

"只是有时候,我也觉得处理掉这人偶怪可惜的。"佳织伤感地说,"这可是我妈妈最后摸过的东西,我还挺想留下来做个纪念。"

她的话让其他三人无言以对。失去母亲的悲痛还未在她心中完全消散。父亲也被杀了,但还是母亲在她心中重要得多。

"我不该说这些,"佳织耸耸肩说,"一定是酒喝得太多了。永岛先生,我们上去吧。"

永岛默默点了点头,推着轮椅朝电梯走去。他回头对水穗二人说再见,水穗也道了晚安。

佳织和永岛离开后,青江坐到水穗身边。水穗突然觉得他看起来十分疲惫。

"晚饭后就没见过你。又去思考问题了?"水穗问。

"嗯,无聊的问题。"青江跷起腿,晃着杯子说。冰块相互撞击的声音在客厅里清脆地回荡。

"晚饭时你有句话很让人在意啊。"

"让人在意？"

"你说松崎堂舅或许不是故意的，但可能无意间说了谎。"

青江看了一眼水穗，挠了挠后脖颈，把杯子放在杯垫上说："你还记得那句啊，我以为大家都当没听见了。难道有什么特别的理由让你在意？"

"别开玩笑了。"水穗平静地说，"告诉我，你为什么那么说？你一定有依据吧？"

或许是被水穗认真的目光感染，青江也忍不住绷紧了面孔，他喝了口酒试图掩饰，说："水穗，你怎么看这起案子？"这话问得含糊，很不符合他的风格。

"什么意思？"水穗反问道。

"从松崎先生被捕时起，我就一直有个疑问，我对松崎先生到底能不能杀死宗彦伯父很是怀疑。"

"能不能杀死……你是说有没有胆量？"

"也有胆量的因素，但我更在意的是体力因素。宗彦伯父虽然算不上强壮，但又矮又胖的松崎先生比他还要笨拙。就算是意外，我也很难想象拿着刀主动扑上来的伯父反而会被杀死。"

"不是说老鼠急了还咬猫嘛。"

水穗的话让青江笑出了声，他说："松崎先生的确胆小如鼠。但老鼠其实是很凶的动物，可松崎先生是个彻头彻尾的胆小鬼。"

"但是松崎堂舅的确杀死了宗彦姨父，他自己也承认了。"

"只是他自己那么说而已。"

"那么说而已？"水穗皱着眉头,忽然张大嘴点点头,说,"你刚才就是这个意思？难道松崎堂舅没杀宗彦姨父,却谎称自己杀了？真荒唐,为什么要撒这种谎？"

"我不是说了吗？"青江故意放慢语速,"松崎先生不是故意要说谎,只是无意中撒了谎而已。"

"你的意思是……"水穗看向青江。

青江单手拿着酒杯,重重地点了点头。杯中的酒随着他的动作轻晃起来。"松崎先生说他杀了伯父,但我觉得,那或许只是他的错觉。"

"你是说当时宗彦姨父还没死？"

"是的。"

"可是松崎堂舅说……"

"可能是故意装死。"青江的语气就像闲聊一样干脆。看到水穗无言以对,青江似乎很满意,接着说,"松崎先生说完全没有做探脉搏、试呼吸之类的事情,说因为对方倒下了,自己便只顾着逃离现场。那么,对方很有可能是装死。这么一想,房间一片漆黑也就不难理解了。"

"等等。刚才不是说松崎堂舅看到的纸条是三田女士写的吗？这个怎么解释？难道宗彦姨父把松崎堂舅引到音乐室,再故意和他扭打起来,最后装作被杀？宗彦姨父为什么要这么做？"

面对水穗的疑问,青江转过头抿了一口酒,说:"问题就在这里,这起案子可能比我们想象得更为复杂。如果将刚才你所说的看作是戏剧的第一幕，那么还有第二幕、第三幕连番上演。说不定我们看到的，绝大多数都是经过精心设计的表演。"

"你对第二幕往后的内容，也已经有所发现了？"水穗凝视着青江的侧脸，试图读出青江的表情变化。她发现，青江一瞬间屏住了呼吸。

随后，青江挠挠头，长叹一口气，换了换跷着的腿说："虽然还没有完全弄清楚，但我已基本上弄清了大概。看来是有出人意料的演员扮演了出人意料的角色。"

"如果凶手不是松崎堂舅，那真凶另有其人？而且这个真凶也杀了三田女士？你已经知道凶手是谁了？"

"还算不上知道，这不过都是我的想象。如果能找到哪怕一样物证，我就准备直接去找本人谈谈。"

"你现在还不能告诉我？"

"不能。"青江紧绷的神色稍稍松弛，"因为没有任何东西能让我完全信任你，就像你不能完全信任我一样。"

"嗯。"水穗凝视着手中的杯子，继而把所剩无几的兑水威士忌一饮而尽。也许是紧张让她的喉咙干燥不已，冰凉的威士忌让她感到一阵刺激。

"对了，刚才佳织有句话很值得琢磨。"青江用端着酒杯的手指了指橱柜上的小丑人偶，"她说伯母临死前把人偶摔在了地上。"

"她是这么说过。"水穗答道。

青江叹了口气，说："虽然伯母在工作上要求十分严格，在家里却十分温和。她好像不大喜欢我，却还是对我很好。"

青江神色黯然，这让水穗有点意外。看来他也为赖子的死感到悲伤。

"我实在无法相信伯母会以那样的方式死去。"青江喃喃道。

水穗不知道该说些什么，看青江也不打算再说什么，她便站起身，说："我先去休息了。"转身朝楼梯走去。

青江并未答话，只是问道："这个人偶说是放在玻璃罩里，一开始应该不在罩子里吧？"

一只脚已经踏上楼梯的水穗回头说："是啊，放在二楼的时候好像是没罩上玻璃罩。怎么了？"

"嗯。"青江端着杯子，走近人偶，"有意思，她最后摸过的东西……"

"怎么了？"水穗又问道，但青江没有回答的意思。水穗见状无奈地摊了摊手，上了楼梯。

但她很快又停下脚步，凝视前方。楼梯上方似乎有个人影动了一下。她小心翼翼、蹑手蹑脚地上了楼，那里空无一人。

奇怪。

水穗大惑不解。

楼下，青江还站在原地盯着人偶。

小丑人偶视角

"有意思。"

这个名叫青江的年轻男子边说边冲我走了过来。他眼中闪烁着异样的光芒，连那个叫水穗的女子跟他说的话，似乎都没听到。

青江喝了口酒，把杯子放到一旁，小心地将我连底座一同端起。他嘴中的酒气喷在我脸上。

他巨细无遗、从上至下地观察着我。过了一会儿，他把我放在桌子上，又拿起酒杯。我完全不明白他到底对我的哪里感兴趣。

但可以确定的是，他对我的关注一定与那天跳楼自杀的女子把我摔在地上有关。我虽不清楚具体情况，但记得当时突然有一股力量使我掉在了地上。原来我是被人摔到了地上。

看了一会儿，他的视线停在了我的躯干上。他像是要把我看穿一般凝视着我，脸几乎要贴在我身上。他的眼神无比炽热，被他盯着的地方甚至开始发烫。

不久，他又挪开了视线，满意地点点头，眼中的光芒比刚才更强烈了。

他的嘴唇诡异地翘起，全身不规则地晃动起来。我正诧异他怎么了，只听他的嘴里发出"哼哼"的声音。原来他是在努力不让自己笑出来。

他到底在笑什么，我自然毫无头绪。

说起来——

我真是太蠢了，居然没看透那么简单的诡计。

青江说得没错。宗彦并不是被那个姓松崎的人所杀。我看到杀人一幕时，宗彦其实还没有死。

连我也被骗了。直到今晚，我才知道真相原来是这样。

第 五 章

———

步行道

1

　　第二天上午，水穗推着佳织在宅子周围散步。宅子后面是一座小山丘，上面铺有几条步行道，可以通到相邻的街区。如果要乘坐去往市中心的轻轨，从这里走能近一站地左右，青江总是走这条路。

　　"我昨晚让永岛先生困扰了。"佳织看着飞舞的小鸟，轻笑着说。

　　"怎么让他困扰了？"

　　"我耍了点小性子，说我才没什么未来可言。"

　　"你为什么这么说？"

　　"因为永岛先生很奇怪地突然问我将来想做什么。"

　　"这很奇怪吗？"

　　"不奇怪。他大概是为了表明对我并没有特别的想法，才这么问。一般这种时候，我都会回答得很得体，比如想画些绘本、做些翻译等等，这么说大家就都放心了。可昨天，我并没有那种心情，所以我就说'我能干什么？我这个样子什么都干不了'——我越说越难受，哭得停不下来。"

水穗脑海中浮现出永岛满脸不知所措的神情。

佳织腼腆一笑，就像爱恶作剧的孩子被揪出来时一样，说道："但其实我也没那么悲观。只要我想做，什么都能做到，我知道自己能做到。我边哭边问自己为什么要哭，结论是——我是在跟永岛先生撒娇。"

"佳织，"水穗从她背后问道，"你觉得青江怎么样？我觉得他是真心喜欢你。"

佳织没有立刻回答。她哼着小曲，不时摆弄下头发，还伸手摸摸路边的花草。水穗一度以为她不想回答。过了好久，佳织才开口："怎么可能呢？怎么会有男人喜欢我？男人都喜欢像兔子一样活泼好动的女孩，而不是我这种腿细得像牙签一样动不了的女人。我早就知道。"

"不是这样。"

"就是！"佳织猛地摇头，"别说了，我累了。水穗，咱们回去吧。"

水穗觉得再说什么也是白费口舌，只能默默地推起轮椅。

午饭后，水穗独自去了美术馆。和上次一样，美术馆还在举办玻璃工艺展，而游客则比上次更少。

悟净还在上次的休息处那里，坐在他常坐的位置上眺望窗外。不，他好像不仅仅在眺望。桌子上放着一个速写本，看来他在写生。

水穗走近时，他也只顾着运笔，完全没有注意到。直到水穗打招呼说"您好"，他才转过头来。

"哦，您来得正好。"悟净语气愉悦，却透着些心不在焉的气息。他又看向窗外，一阵发呆，几秒之后才收起速写本。

"您在画什么？"水穗坐下，看着窗外问。窗外只有一片松林和松林前的一片原野，原野上倒着一辆生锈的自行车。

"是这个。"悟净打开速写本放到水穗眼前。上面画着一个梳麻花辫的少女人偶，人偶那大大的圆眼睛有着与素描不相称的深邃。

"边看风景边画人偶？"水穗有点意外。

悟净理所当然地笑了笑，说："我想做一个能融入这片风景的少女人偶，不过很难。"他往前翻了几页，上面画的都是同样的少女人偶。水穗不禁赞叹起来。

"今天您来有什么事吗？"悟净合上速写本，问道。

水穗告诉悟净可以把小丑人偶拿走了，他的表情有些复杂，带着点高兴又带着点放心。"那我什么时候可以去拿？"

"您方便的话，现在就可以。我已经跟外婆说过了。"

"那现在就去吧。这种事宜早不宜迟。"

两人随即走出美术馆。

"警方已经有眉目了吗？"去往十字大宅的路上，悟净问道。

"不知道……"水穗犹豫了一下，把昨天胜之的话告诉了悟净。

悟净听完也非常惊讶："写纸条的是三田女士……这还真让人意外。"

"警方的看法是宗彦姨父也知道此事，想利用此事整垮松崎堂舅。"

"明白了，就是说宗彦先生害人反倒害己，自己先遇害。"

"是啊。"

水穗还讲述了警方认为三田理惠子是自杀的推测。悟净只是"嗯"了一声作为回应。

回到十字大宅后，水穗把悟净带到客厅，又吩咐铃枝把静香叫来。悟净饶有兴味地欣赏着室内的装饰。

"人偶还在音乐室里吗？"他问道。

"不，就在那儿……"水穗伸手指向橱柜，动作却停住了。今天早上还放在那里的人偶不见了。"真奇怪，怎么回事？"水穗不禁环视房间，恰好铃枝从楼上下来，水穗便问她知不知道人偶在哪里。

"青江先生刚把人偶拿走。"铃枝答道。

"青江？为什么？"

"不知道……"铃枝歪着头说，"我看到他把人偶装进背包，问他要做什么，他说要拿到大学去，今天就会还回来。"

"他是什么时候走的？"

"就是刚刚，"铃枝看着墙上的古董钟说，表针显示现在是下午两点二十五分，"刚走了不到五分钟。"

"但是我们没遇见他。"悟净插话道。

"青江总是走后面的步行道，从远一点的车站坐车。现在去追可能还来得及。"

"那就去吧。"悟净马上说道，"他为什么要把人偶拿走，我非常想知道。"

"好的。"水穗抓起大衣，回头问铃枝，"青江还说什么了？"

"哦，好像……他说'这下有意思了'，之前还不知给哪里打了电话。"铃枝歪着头，手支着脸颊说。

"电话……有意思了，好吧。"

"赶紧走吧。"悟净催促道。

水穗快步走向玄关。

小丑人偶视角

"这下有意思了。"

青江嘴上这么说，表情却一点也不明朗，脸似乎还因紧张而绷得紧紧的。他把我从橱柜上拿下来，又细心地用浴巾之类的东西把我包上。这样一来，我的视线彻底被遮挡。

他又把我放进一个很狭小的东西里。接着我听到了拉上拉链的声音，看来这大概是个运动包之类的东西。

过了一会儿，我感觉身体浮了起来，接着前后左右地摇晃起来。看来青江是要把我带到什么地方去。

"晚上之前会回来的。"

我听到他在跟别人说话，估计是女佣吧。

他好像穿上了鞋，接着便传来开门的声音。看来他走出了宅子。

随后的几分钟，他一直拎着装有我的包走着。除了偶尔换换拎包的手，其他时间一直保持着稳定的步伐。不知是他走的路人迹罕至还是别的原因，我几乎听不到任何噪音，只是偶尔有鸟鸣传来，这让我有些意外。

不知走了多长时间，青江的脚步突然停了下来。他停得太过突然，以至于我的头重重地撞到了包袋。

包不再摇晃，看来他站在原地没动，接着包似乎被放在了地上。

就在接下来的瞬间——

传来一声沉沉的巨响。这声响十分短促，没有回音，让人有股不祥的预感。同时，我还听到了一阵像是动物呕吐一样的短促声音。

不祥的声音接连响了两三次，中间夹杂着粗重的喘息声。巨响停止后，喘息声仍持续了一会儿。

接着，包被猛地打开了。

2

青江的尸体是在距步行道入口四百米处被发现的。他双手高举过头，趴在地上。

发现尸体的是水穗和悟净二人。他们为了追赶青江来到步行道，等待他们的却是一个惨烈的现场。

水穗对自己的心理承受能力原本很有信心，但看到青江的尸体时，她还是差点吐了出来。青江的后脑勺被打得裂了好大一个口子，暗红色的血流了一地，沾湿了他那微卷的头发，伤口周围的头皮皱得像一块旧抹布。

水穗主动提出回到宅子里报警，因为她实在不想一个人等在那里。

水穗回到宅子时，客厅里只有铃枝一人。水穗简单地跟她说了情况，她便震惊地跑上楼梯。在她向静香等人汇报的时候，水穗拨打了报警电话。

包括山岸在内的警察们赶来，是在十分钟之后。

水穗和悟净乘坐警车前往警察局，在充斥着烟味和热气的房间角落里分别接受问讯。坐在水穗对面的是老熟人山岸。

"这……"山岸用圆珠笔末端挠了挠耳后，"真不知道该怎么形容我现在的心情。说不上是心有不甘，但也不是觉得窝囊。"

"您是想说这件事就好像凶手给了您一记闷棍吗？"

"一记闷棍，嗯……"山岸挑起一侧的眉毛，噘着下嘴唇说，"应该是吧，也想不出别的词了。"

"您认为这次是真凶所为吗？"水穗是指松崎以外的真凶。自然，山岸明白她在说什么。

"我悄悄告诉您，"说着，山岸弓起胖胖的身躯凑近说，"我们这里大多数人都认为竹宫家的案子跟这起案子没关系。他们希望是这样，因为上一个案子已经基本结案。"

"就是说写纸条的是三田女士？"

"您也知道了？没错，就是这样。这样三田女士死于自杀的推测一下就变得可信起来。我们推测原本是她提议给松崎下圈套，结果这个提议导致宗彦先生遇害，所以她就一时想不开，自杀了。"

"听起来不合情理啊。"水穗试着质疑了一下。

"的确不合情理，"山岸也承认，"但是，现在除了这种推测之外，没有更合理的解释。再加上松崎已经归案，总部有就此结案的意思。我和其他几名警察都不同意，但现在也不知该如何反驳。"

"青江被杀可以成为您反驳的有力证据了？"水穗语带讥讽。

"我们不能先入为主地下结论。"山岸打开记事本，用圆珠笔敲着本子说，"我还是先问您几个问题吧。"

山岸让水穗详细解释了一遍发现尸体的经过。这过程中必然要提到悟净，但水穗没有提及曾找悟净咨询案件。她觉得说这些只会让事情更复杂。

"我有几点不大明白，"山岸皱着眉说，"最不明白的还是人偶，为什么青江先生要把它带出去？"

水穗耸耸肩，摇头说："我也完全不清楚。"

"您和青江先生聊起过人偶吗？"

"没聊过什么大不了的……"说到这里，水穗突然回忆起前一晚青江在客厅说的话。

"怎么？"山岸敏锐地捕捉到她的表情变化，问道。

水穗犹豫了一下，还是如实述说昨晚和青江聊起了案件。

"聊了案件……都聊了什么？"

"青江对案情的看法和警方不一样。"水穗把昨晚青江跟她说的推理说了出来：宗彦并非被松崎所杀，只是装作被杀而已。

山岸看上去很感兴趣，眼神都变了。"非常有意思的推理啊！"他由衷地感叹道，"青江先生为什么会这么想呢？"

"我也不知道，他不肯告诉我更多。后来他像突然想起来什么似的，说起了赖子姨妈死时的事。赖子姨妈自杀前好像把小丑人偶摔在了地上，他对这一点特别在意。"

"说起了赖子夫人的自杀？"山岸像是听到了什么异想天开的话一样皱起眉头。他可以理解青江的推理，但对于此事他和水穗一样，完全摸不透青江的意图。过了一会儿，山岸像是要转换一下思维似的问："那有没有谁听到你们的谈话？"

"当时只有我们俩在场。"水穗答完，想起上楼时好像看到楼梯上有个人影，难道有人在那儿偷听？

"真不明白青江先生想干什么。"山岸愁苦地说，"昨天我们去的时候，您是第一次把人偶放到客厅吗？"

"是的。"

"关于人偶，有没有人说过什么？"

"没有。"

山岸有些失望地点了点头。"不过知道青江先生的推理是个很大的收获。我也照这个思路再想一想。"他似乎在给自己打气。

看来山岸已经结束问讯，水穗便决定问几个问题。她首先问了青江的死因。

"是这里，"山岸拍着自己的后脑勺说，"后脑勺被砸了好几下。凶器是金属球棒。"

"球棒？"

"凶器扔在离尸体十米远的地方，看起来像是在附近的垃圾回收站捡的，球棒很脏，还有裂痕。我们在试着调查球棒的来历，但估计不会有什么结果。"

"是被人从身后袭击吗？"水穗问。

"应该是。走着走着，突然被人袭击。"

"青江没察觉到吗？"水穗知道青江不是那么粗心大意的人。

"也许他在想什么事情吧。"山岸对此似乎不大关心。

"有什么东西被偷走了吗？"

"钱包里的现金没了。"

"只有钱被偷了？"

"对，只拿走了现金。钱包扔在了金属球棒旁边。"

"哦……"凶手大概是为了伪装成图谋钱财的抢劫案吧，水穗推测。

"那个人偶呢？有什么异样吗？"

"没有，也没有被触摸过的痕迹。现阶段连它和案件有没有关系都弄不明白。"山岸神色黯淡地说。

之后，水穗和接受完问讯的悟净一起离开了警察局。警察问悟净的主要是有关人偶的问题。

"我跟警察说了人偶会招来厄运，说得很详细。但他们根本没有认真做记录，一个个都在强忍瞌睡。"

这也没办法，水穗想。警察都是现实主义者。

"看来他们想知道的不是这些，而是人偶为什么出现在竹宫家、青江先生为什么会对人偶感兴趣等等。"

"这些您是怎么说的？"

"我说不知道。事实就是如此，没办法。警察一听就无聊地摸起胡子、拔起鼻毛之类，一副不满的样子，好像我不知道也有错一样。"

悟净的语气像是在取笑警察。水穗暗想，他可真是个怪人。

"他们问您什么了？"说完自己的情况，悟净开始问水穗。水穗把和山岸的对话尽可能原原本本地告诉悟净。悟净一字一句地细细琢磨着，他最感兴趣的就是昨晚青江的推理。

"这个想法真的很厉害。"悟净两眼放光，"当时宗彦先生还没死——的确是个大胆的假设，而且很有可能。"

"对于之后的情况青江似乎也有自己的想法，但我没问出来。"

"之后的情况啊。"悟净环抱双臂，踱起步来，随后又用一只手支着下巴说，"也许正是因为知道了之后的情况，他才遇害了。关于小丑人偶，青江先生什么都没说吗？"

"我正要跟您说……"

水穗把昨晚青江说无法想象赖子会那样死去，并且对佳织说的赖子自杀前摔掉小丑人偶一事非常感兴趣的情况都告诉了悟净。

"佳织小姐说过这话啊。"悟净陷入沉思。

水穗邀请悟净到竹宫家喝杯茶。悟净爽快地答应了，还说："我还有些事情想问您。"

"什么事？"水穗不解地问道。悟净只是含糊地说"有很多事情"。

他们到家后，发现胜之、和花子和永岛也在。此外，还有几名警察也在不停地进进出出。估计警方是在搜查青江的房间。

水穗先向众人介绍了悟净，静香和佳织早已认识他，胜之等人则诧异地打量着他。胜之等人是接到警察的通知才知道青江遇害，便都急忙赶了过来。

"警察找我们，其实不是为了通知命案，"胜之满脸苦涩，不停地抽着烟说，"他们是来调查我们的不在场证明，问我下午两点到三点之间在哪儿。真不巧，那会儿我正好来过这里，我从公司开车过来，接上和花子回家。出公司是一点左右，到家时是三点左右。"

昨晚胜之跟和花子也住在这里。今天本是休息日，但他说有点事情，一大早就去了公司，看来他是从公司回家时顺便接走了和花子。

"那你怎么跟警察说的？"静香问道。

"嗯，我好歹还是提供了不在场证明。回到家时我和邻居太太打了声招呼，她恰好记得当时的时间。而我是两点二十离开这儿的，半路上没时间去别的地方。"胜之深吸了一口烟，不快地吐出烟雾，"他们也太无礼了。就算刚发生过其他案子，也不能把劫匪干的事情算在我们头上。"

"劫匪？"静香问。

"就是劫匪。"胜之重复道，"那一带一直就不安全，虽然没发生过什么案子，但我听说那里有匪徒出没。"

听着他的话，水穗心中感叹要真是劫匪作案该多好。她又想了想自己的不在场证明，直到发现尸体为止，她都和悟净在一起。大概山岸也知道此事，所以根本没问她这个问题。

"青江有没有亲戚？"和花子看着静香问。

"没有。他是个孤儿，所以你爸才收留了他。"

"无依无靠啊，那只能我们给他办葬礼了吧。"

听胜之这么说，静香也说："我正有此意。"

或许是因为提到了葬礼，屋里的气氛一下沉重起来，仿佛有团团乌云笼罩在屋子上空。青江的死终于成为现实，沉沉地压在每个人心头。

"虽然性格有点古怪，但他还真是个可怜的孩子。"胜之在烟灰缸里按灭烟头，有些刻意地说道。没有人接他的话。

过了一会儿，一名瘦瘦的警察下来说想带走一些青江房间里的东西，但没人回应。警察露出尴尬的表情。

"可以，您随意吧。"片刻后，静香代表众人答道。

"是什么东西呢？"

"没有冲洗的胶卷和研究报告等。"警察答道。这些东西怎么看都不像和这起案件有关，但警察还是要拿走，估计他们也全无线索。

警察的做法让水穗想起了一样东西，那就是青江说有意思的、宗彦的那本智力游戏书。

警察要把那本书也拿走吗？最好我自己先看一下，水穗想道。

警察离开后，胜之夫妇也站了起来。他们对静香说明天还会再来，到时候再商量葬礼的事。

"我也有点累了，就先上去了。"静香对铃枝说不用做她的饭，便上了二楼。

屋里只剩水穗、佳织、永岛和悟净。

"我也……"佳织忽然开口，几人都看向她，"我也被问到不在场证明了，不知道他们在想什么。"她一只手捂着脸，轻轻摇头道。

"那应该不是怀疑您，而是想借此掌握相关人员的位置关系。"悟净冷静地说道。

"佳织你一直待在房间里吗？"水穗装作不经意地问道。

"我两点半前都在房间里听收音机，然后让永岛先生来给我剪头发。之前永岛先生一直在外婆的房间里，是吧？"

"是的，不过中途也离开过。"永岛搪塞般点了点头，站起来说，"我当然也被问了这些问题。但我只记得先在夫人的房间里，然后去了佳织的房间，具体几点完全没印象。警察总是想知道准确的时间，真是没办法。"

"大部分人都不记得准确时间。"佳织看着水穗，似乎在寻求她的认同，"几点几分吃了饭，几点几分去了厕所，一般都记不住。"

"警察要是也这么想就好了。"永岛面带倦色地笑了笑，又说，"那我也先走了。"

佳织想送他出去，永岛伸手表示不必。

"我还有些事情想问您。"永岛离开后，悟净来到佳织身旁。

"什么？"

"关于您母亲身亡时的情况。"

佳织有些烦躁地闭上眼，缓缓摇摇头说："今天实在没有心情。"

"我想也是这样。"悟净缓缓地眨了眨眼睛，点了点头，"但是，还是希望您能说给我听听，或许这和后来的一系列事件都有联系。"

佳织疑惑地看向水穗。这名本应与案件毫无关系的人偶师，突然像侦探一样分析起案件来，佳织感到不解也很自然。

"怎么说呢，"水穗来回搓着手，看着佳织说，"我向这位先生咨询了很多对案件的看法。他指出了很多当局者迷的地方。我觉得他可以信任，能不能回答一下他的问题？"

佳织低头沉默了一会儿，之后又抬头看着悟净，问："关于家母之死，您想知道什么？"

"首先是当时的情况，越详细越好。"

佳织又看了一眼水穗，深呼吸道："那天只有我和爸爸妈妈在家里。铃枝陪外婆一起去看戏了，青江去大学了。"她平静地讲起那天的情形。她和宗彦在房间里聊天时听到了尖叫声，宗彦抱着她来到走廊，就看见赖子跑上楼梯，把小丑人偶摔到地上后翻身从阳台跳下。之后她回到房间坐上轮椅，从阳台往下看到了母亲的尸体……

"我了解了。"一直绷着脸聆听的悟净冲佳织点点头，说，"我想看看现场，不知是否可以？"

"应该没问题，反正也不会碍着谁。"

"一会儿我带您去。"水穗在一旁说。

"麻烦您了——那之后小丑人偶马上就被收起来了？"悟净向佳织问道。

"是的。外婆把它装在箱子里，放到了自己的房间，直到您上次来访时才拿出来。"

"之后就一直放在地下室里？"

"应该是。"佳织望向水穗征求意见。水穗也表示事实如此。

"好的，我明白了。"悟净露出满意的表情。

之后水穗和佳织带悟净参观了二楼。说是参观，也只是看了看十字交叉的走廊、赖子跳下的阳台和曾放过小丑人偶的架子。

"真气派啊！"在走廊转了一圈后，悟净感叹道，"怪不得这里叫十字大宅。这栋房子是谁设计的呢？"

"是我外公。"佳织答道。

"真厉害！"悟净环视了一下走廊，"太厉害了！"

他又来到阳台，俯视后院，观察了很长时间。水穗和佳织一直在走廊等待。佳织小声说："这人真奇怪。"水穗回复道："他就是这样古怪的人。"

也许是听到了他们的谈话，旁边的房门突然打开了。静香探出头，好奇地问："你们在这儿干什么？"

"抱歉。"悟净快步走过来致歉，"我对这栋建筑颇感兴趣，所以就让两位女士带我参观一下。"

"哦……"静香似乎没有起疑，看着水穗他们说："我刚烧了水准备泡点茶，你们喝吗？"

水穗和佳织对视一眼，点头道："好的。"

"这可是上等好茶，悟净先生也来吧。"

在静香的招呼下，悟净也诚惶诚恐地走进房间。

茶确实是好茶，但屋里的气氛很是沉重。静香聊着茶叶与和服的话题，佳织和水穗只是心不在焉地点点头。谁都闭口不提青江，尽管那案子刚发生不久。

悟净似乎对她们聊的内容毫无兴趣，一直在观察那幅巨大的肖像画。水穗她们的对谈刚停下来，他便问画上的人物是谁。静香说那是她的亡夫，画是根据亡夫的遗言绘制的。

"遗言说过要把这幅画放在这里吗？"

"不，不是的……"静香解释了把画放在这里的原因。

"原来如此。"悟净频频点头，又看着画说，"这幅画还真大啊！大小也是遗言里指定好的吗？"

"没有，遗言上只说尽可能做得大一些，具体怎么做全是宗彦安排的。"

"这样啊，真是气派得很！"悟净赞叹道。

水穗借口去洗手间，出了静香的房间。她偷偷钻进青江的房间，想找到那本智力游戏书。作为一个男人，青江把房间整理得还算干净，书架上摆着几百本书。

水穗要找的那本《世界智力游戏入门》就放在桌子上的小书架里。她把书从架上抽出，藏在毛衣里。

3

自青江被杀已过了四天。警察在案发现场周围进行了彻底搜查，但依旧没找到任何线索。步行道位于树林中，周围没有民宅，也就很难找到目击者或者听到声响的人。

警察山岸基本每天都来竹宫家。他仍然把青江遇害和宗彦二人被杀的案子联系在一起考虑。按照他的推理，青江查出了一些宗彦遇害的线索，凶手察觉后将青江灭口。

"到底青江先生知道了些什么，又是怎么知道的？他掌握了什么证据？如果是物证的话，证据又在哪儿？"山岸坐在水穗和佳织对面的沙发上，问了这一连串问题。他紧握拳头，额头上青筋暴突。最后，他有气无力地说："我们就是以此为核心进行调查。"

"但还是一无所获吧？"佳织冷冷地说。

"请您耐心等待，接下来一定会有结果。"山岸冷静地说。

"警察先生，您似乎一定要从我们家里找出凶手才痛快。"

"很遗憾，不能否认我的确在怀疑各位。"

"钱不是被拿走了吗？那不就是抢劫吗？"

"这也是一种可能，我们也在调查这种可能性。"山岸说着挖了挖耳朵，冲指尖吹了口气。

"小丑人偶呢？查出什么了吗？"

听到水穗这么问，山岸马上正色说："我们查了很久，但是完全找不到它和案件的关联。如果说有关系，只有宗彦先生和青江先生遇害的现场都有人偶这一点。我们问那个人偶师悟净，他也只是说一些超自然的东西。"

水穗眼前仿佛浮现出这名现实主义者对悟净那些超自然的话语困惑不已的神情。

"他到底是干什么的？"佳织这话似乎问的是水穗。但山岸先开口道："根据我们的调查，他的确是个小有名气的人偶师，还和表兄一起开了家店，而且曾是一流大学理学部的高才生。"

"理学部？"水穗吃了一惊。

"但只上了三年就退学了，总之就是个怪人。他说人偶会招来厄运，看来也不全是胡说，他之前也曾卷入类似的事件。没准他自己才是扫把星。"山岸说着开口大笑。

水穗非常期待下次和悟净的会面。她已经把那本智力游戏书偷偷交给了悟净，让他去查查青江到底对什么感兴趣。

"他也有嫌疑吗？"佳织问道。

"虽然这个人很古怪，但据我们调查的结果，他和青江先生没什么交集，应该和案件没有关系。而且案发时他一直和水穗女士在一起，没有作案时间。"山岸又说青江的部分物品和小丑人偶今天就可以归还。

"那个人没问题的话，水穗也没嫌疑了，对吧？"佳织急切地问道。

"是的，何况还有不在场证明。"

"那我应该也不在嫌疑范围内吧？我这个样子不可能杀人。"

看到佳织一直盯着自己，山岸面露难色，清了清嗓子说："我们认为您应该很难作案，但还不能断定。像您这样的女士可能有自己的巧妙手段。"

佳织听到这句话竟罕见地露出开心的表情，对水穗说："水穗，你听见了吗？这位警官人多好！见过我的人基本都认为我什么都做不了，他却承认我有自己的能力。"

"很荣幸您这么夸奖我，虽然听起来让人心情有点复杂。"山岸挠着后脑勺说。

"您说得没错。我们这样的人自有我们的手段，比那些双腿灵活的人更巧妙的手段。但很遗憾，我不是凶手，我也有不在场证明。两点三十分的时候我和永岛先生在一起，总不可能杀死青江后马上就回到房间里吧？"

"那应该比较困难。据我们推测，青江先生的遇害时间应该在他两点二十分离开宅子到两点三十分尸体被发现之间。"

"要是轮椅上有发动机就另当别论了。"佳织微笑着说道。她这种莫名的开朗让水穗颇为诧异。

山岸离开后，水穗把佳织送回房间，又去探望了静香。静香这段时间身体一直不适，总是没有食欲，脸颊也消瘦了几分。水穗进去时，铃枝正在收拾餐具。

"警察走了吧？"静香轻声问道。

"走了，不过他们来好像也没有什么重要的事情。"

"青江的案子查出些什么了吗？"

"不知道……也许有些进展，但没有告诉我们。"

"您几位聊了很长时间吧？"铃枝停下收拾餐具的手，问道。看来她在厨房注意到水穗和佳织去找山岸了解案件进展。

"没说什么大不了的事，我们只是问山岸警官他们在调查什么。"水穗故作轻松地说。

"那位警官依然认为杀害青江的凶手就在这个家里吗？"静香愁苦地小声问道。

"这……"水穗正想糊弄过去，铃枝却气愤地说道："荒唐！那天我一直在楼下待着，我可以保证谁都没有嫌疑。"

"真的吗？"水穗有些惊讶。

铃枝重重地点了点头："和花子夫人离开前，青江先生还在客厅里。青江先生出门后，除了和花子夫人之外谁都没有离开，直到后来水穗小姐你们出去追他。"

"那警察一定认为是你看漏了，其实有人出去了？"

"但是大家真的都在宅子里。"

见铃枝如此断言，水穗不再说什么。

"好了，铃枝，你去把和花子叫来。"

"和花子夫人？好的。我这就去。"铃枝说罢便出去打电话。

"您找和花子姨妈有什么事吗？"水穗问道。

但静香只是含糊地连连说道："没什么大事"。

随后，一名年轻警察把青江的部分遗物和小丑人偶送了回来。看来警方没有从这些东西上找到线索。

静香觉得人偶很不吉利，希望悟净能马上把它取走。水穗便给悟净入住的酒店打电话通知此事，悟净回复说即刻前往十字大宅。

"看来没什么进展啊。"悟净一走进玄关便如此说道，他指的是警方的调查，"我听说相关人员都有无懈可击的不在场证明。"

"您知道得真清楚。"

"我和负责调查人偶的警察关系不错，聊着聊着他就告诉我了。"

"能不能也说给我听听？"水穗环视四周，小声说，"到底大家有怎样的不在场证明，我并不清楚，但也不能死缠烂打地追问。"

"这样啊……哪里讲话方便？"

"我的房间吧。"

水穗把悟净带到自己的房间，确认外面没人之后关上了门。她总感觉自己这么做背叛了佳织等人。佳织的房间里传出古典乐的旋律，大概又在听收音机。

"前几天我借给您的智力游戏书，您有没有什么发现？"水穗拿过一把椅子让悟净坐下，问道。

"哦，那本书啊。"悟净坐下说，"也谈不上有什么发现……那本书原本是佳织小姐拿着吧？她本想借给您，但是被青江先生抢先一步借走了。"

"是的，这怎么了？"

"没有，我只是想确认一下。我们还是说说不在场证明吧。"

悟净掏出一个笔记本，说这是为了画简单的素描而随身携带的，今天则用它记下了案件相关人员的不在场证明。

"首先是老夫人。"他从静香讲起，"她说整个下午都待在房间里，一点半开始让永岛先生去给她理发。这期间铃枝曾经进过房间一次。"

"理发理到了几点？"

"老夫人说是到两点二十五分左右，说永岛先生出去时她看了眼表。之后直到得知案发为止，她都一个人待在房间里。"

"永岛怎么说？"

"我看看。"悟净看着笔记本说，"他说他先在老夫人的房间里，但是不记得准确的离开时间。之后上了趟厕所，就去了佳织小姐的房间。"

"那是几点？"

"两点半。"悟净迅速回答道，"但这不是永岛先生的证词，而是佳织小姐说的。永岛先生不记得确切时间。前几天他好像也是这么说的吧。"

水穗想起来的确如此。谁都不是掐着点活着的——佳织当时的话里含着这层意思。"佳织为什么记得那么清楚？"

"她说当时正在听收音机，永岛先生进来时 DJ 正好报了时间，之后放的曲子她也记得。警方查了一下的确没错。"

"然后佳织一直和永岛先生待在一起吗？"

悟净点点头。

"还有近藤姨父他们呢？我只知道个大概。"

"近藤胜之先生上午去了公司，下午一点后离开公司，到这里时刚好两点十五分，两点二十分他带着和花子女士一起离开了。他们回到自己家是三点——这是邻居太太的证词。"

"和花子姨妈呢？"

"胜之先生来接她前，她都在自己的房间里，说是在换衣服和化妆。"

这些和水穗了解到的情况一样。"最后就是铃枝了吧？"

"是的。铃枝女士的证词大致是这样的。"悟净稍稍吸了一口气，说，"她说自己基本上一直待在一楼，但是将近两点的时候去了老夫人的房间。这与老夫人和永岛先生的证词一致。两点过后，青江先生下楼，准备去大学。她看到青江先生打了个电话，然后把小丑人偶装进包里。之后两点十五分左右胜之先生来了，据说胜之先生把车停在外面，在车里等着和花子女士出来。"

"近藤姨父没有进来？"

"好像是。他只是按门铃说自己来了，然后铃枝女士就去叫和花子女士。和花子女士在厨房喝了杯水后出了门，青江先生就是在这之前不久出去的。胜之先生也在车里看到青江先生朝步行道走去，之后他便载着和花子女士回家了。"

"这是在两点二十分左右？"

"是的。铃枝女士说，那之后你和我很快就来了，大概是两点二十五分。"

"那之后直到得知案发为止，铃枝跟谁都没碰过面吗？"

"不，在我们出去之后，她和上厕所出来的永岛先生打过招呼。永岛先生随后去了佳织小姐的房间。"

"这样啊……"

水穗明白为什么所有人的不在场证明都成立了。考虑到青江遇害的地点距宅子的距离，凶手至少在作案前后十分钟是必须离开宅子的，但是没有人符合这一点。

"这么看来，青江还是被劫匪袭击了？"水穗按捺不住心中的期待问道。毕竟她也不想怀疑自己的家人。

"是的。如果无法破解不在场证明，就只能得出这样的结论。"

"破解？"这句话让水穗有些不满。

悟净合上笔记本，用指尖敲着桌子说："其实有一点我一直不明白。"他像是下了决心似的说，"如我方才所说，所有人的不在场证明都成立，但这是在非常精细的时间关系下才成立的，就像是织得整整齐齐的蛛网一样。每个人的证词里都出现了极为精确的数字，但只要有一处不准确，这张蛛网就会立即土崩瓦解。"

"难道,"水穗舔了舔嘴唇,"您认为所有人都在说谎?"

"不一定是所有人,"悟净摇头说,"也可能只有凶手和另外一个人说谎而已。"

"另外一个……您是说有共犯吗?"

"这还不清楚,那个人可能出于某种原因在包庇凶手。如果凶手是自家人,还是有足够的理由这样做。"

水穗沉默了,她想不出话来反驳。

"山岸警官有没有提到小丑人偶?"在转变话题的同时,悟净的语气也开朗了一些。

"好像没从上面找到任何线索,"水穗答道,"所以才会把人偶还回来。"

"这样啊,那我去把它拿走吧。"

静香说钱给多少都无所谓,只要早点把人偶拿走就好。但悟净仔细查询了购买时的价格,在此基础上又添了些钱塞进信封里递给水穗。

"这种问题马虎不得。"悟净如此说道。拿到人偶后,悟净先从人偶正面观察了一番,接着又仔细检查了各处细节,最后又从正面看了看,心满意足地点了点头。

"看来您也放心了?"

"是的,放心了。这下不用再担心人偶带来厄运了。"

"我本不信这些迷信的东西,但这人偶实在可怕。从赖子姨妈到青江，接连不幸地死去。"

"这是个诡异的人偶。"悟净说着又看了看小丑人偶那忧郁的脸庞。

"不过我不理解为什么宗彦姨父只在那天把小丑人偶摆在架子上，之前那里本来一直放着少年和小马人偶。"

听到水穗的话，悟净望着远方出了会儿神，随即又收回视线，看着水穗说："我也不大清楚。或许他认为比起少年和小马人偶，小丑人偶更适合放在那里。"

"可能吧。反正宗彦姨父是个品位古怪的人，听说把外公的肖像画放在走廊上的也是他。"

"哦？"悟净的视线停留在半空当中。

"怎么了？"水穗问他，他也没有回应。几秒之后，他才回过神来，看了看小丑人偶后猛地瞪大眼睛。

"您怎么了？"水穗又问道。

这次悟净终于抬起头来，说："老夫人在吧？"声音稳重而低沉。

"在，在房间里……"

"那我去打个招呼，就这样拿了人偶就走不大礼貌。"

悟净说着便拿着人偶起身。水穗见状也想站起，但悟净伸手拦住她："不必了，我只是简单打声招呼而已。"

"好的……"

水穗话音未落，悟净已经快步上了楼梯。

小丑人偶视角

单手拿着我上楼之后，悟净把我放到架子上的少年和小马人偶旁边，然后又轻轻地走到南侧阳台，从那里回头看我。

看了一会儿，他回到两条走廊相交的部分，蹲下身子。我不明白他在做什么。

过了一会儿，他又站起来，神情十分严肃。接着，他把我留在架子上，敲响了老妇人的房门。里面有人应声后，他推门进去。

不知道他到底想到了什么？那个穿白色睡裙的女子自杀的案子里，还有什么秘密吗？刚才那位年轻女子——好像叫水穗——说的话，为什么会让他如此震惊？

而且，悟净为什么要把我放在这里？放在这里岂不是毫无意义，还是说这里有什么特殊含义？

我实在不明白。

总之，这栋宅子实在诡异，这家人也很怪异。他们的任何行动都让我无法理解。不光是我，大概谁都无法理解吧。

　　归根到底，他们为什么要聚在这里？到底意欲何为？

　　悟净从房间里出来了，他的额头与刚才相比微微泛红。我知道，每当他心中燃起强烈的情感时，他的额头就会泛红。

　　悟净站在原地看了看我，继而前行几步到走廊交叉部分，又走回我面前。

　　"原来如此。"他长长地叹了一口气，小声说道。

　　原来如此？什么原来如此？悟净为何把我放在这个架子上？达到了他的什么目的？

　　但他听不到我的疑问。他只是缓缓点了点头，再次把我拿在手中。

　　我可以感受到他手心那异常的热度。

第 六 章

肖像画

1

这天晚上，水穗躺在床上怎么也睡不着，悟净的话让她心神不宁。那如同蛛网一般严密的不在场证明，还有悟净离开时的样子，都让水穗十分在意……

跟静香打完招呼的悟净，看起来和之前明显不同。水穗从未见他露出过那般严峻的神情。他在二楼时，在静香的房间里，究竟发生了什么？

"青江先生打的那通电话。"水穗送悟净到玄关时，悟净边穿鞋边开口道。

"电话？哦……"水穗愣了一下才明白他是在说青江出门前打的那通电话。

"他到底打给了哪里？警方也说还没查出来。"

"不清楚……有什么问题吗？"

"嗯，我非常想知道他到底打给了哪里。"说完，悟净露出罕见的愁容。

悟净离开后，水穗去了静香的房间，装作不经意地问悟净都说了什么。

"没说什么大不了的。他还真是个有礼貌的人。"静香这么回答。

"完全没提到案子吗？"

"没有。就算那个小丑人偶真带来什么厄运，我也不能把这些案子怪到他和那个人偶的头上。不过，他对屋里的装饰很感兴趣，一直津津有味地欣赏。"

"装饰……"水穗不禁环顾四周。幸一郎生前收藏的古董整整齐齐地摆在屋里，有在北欧买下的弓弩，有江户时期从国外传来的怀表，还有幸一郎自己那幅巨大的肖像画。

悟净到底发现了什么？他的结论和青江的结论一样吗？

对了，水穗握紧毛毯想着，青江一定已经相当逼近案件真相了。真凶担心罪行败露，为了阻止他继续推理而将他杀害。

水穗努力回忆和青江最后的谈话。他当时说，宗彦并不是被松崎所杀，只是装作被杀。他还说如果这是戏剧的第一幕，那么还有第二幕、第三幕连番上演。

青江心里到底藏着什么秘密？已经完全清醒的水穗努力思考。她浑身燥热无比，那绝不仅仅是因为暖气太足。

第二幕、第三幕……青江仿佛把这一连串的案件比作戏剧，他说过："说不定我们看到的，绝大多数都是经过精心设计的表演。"不只如此，他还说过其他话。

水穗辗转反侧地思索。她感到有什么东西就挂在脑子里，但怎么都够不到。

她试着从戏剧开始联想，舞台、剧本、台词、演技、角色、演员……演员？

对了！水穗重重地点了点头。青江说过："看来是有出人意料的演员扮演了出人意料的角色。"

为什么他会这么说？只是为了强调案件的复杂性而用了这个比喻，还是……

水穗从床上坐了起来。屋子里漆黑一片，她凝视着黑暗。

她下床披上睡袍，打开灯，用手遮着还不适应光线的眼睛，从包里拿出笔记本。那上面写着青江被杀时所有人的不在场证明。

水穗一个个地重新思考被悟净形容为蛛网一般严密的不在场证明。她明显感到情绪高涨，心跳加快。

对于这一系列案件，水穗一直觉得有堵巨大的墙挡在眼前。不越过这堵墙，就无法找出真相。

她有预感，在这堵看似密不透风的墙上，已经出现了微小的裂痕。这裂痕会渐渐变大，最终成为一个可以穿墙而过的大洞。

但是，没人知道这是好是坏。

水穗也预感到，墙的另一侧，藏着更深的悲哀。

2

第二天早上——

敲门声响起，水穗应了一声，佳织坐着轮椅推门进来。她一眼就看到床上敞开的行李箱，皱着眉头不满地问："水穗，你要走了？"

"是啊，不能总在这儿给你们添麻烦。"

虽然努力装出平静的样子，水穗还是觉得自己的声音有些不自然。她故意避开佳织的视线，低头往箱子里塞衣服。

她是在拂晓时分下决心离开的。昨晚，她终于抓住了案件的核心，但为此她不得不付出整夜无法入眠的代价。虽然头脑昏沉，但意识里总有一处歇斯底里般兴奋着，让她的身体无法休息。

还是回家吧，她在朦胧中下了决心。既然已经知道了真相，就不可能继续留在这里。

早上起来后，她马上开始收拾行李，佳织就在这时进来。

“不是说好了再多待几天吗？至少等到警察不再出入这里为止。”

水穗感到佳织刀子一般的视线刺在自己的侧脸上。她并未停下收衣服的手，说："就快了。"

"什么就快了？"

"警察就快不再来了。警察不来，其他人也会慢慢地忘记这些案子。"

"你怎么知道？"佳织的声音听起来有些消沉。

"我有这种感觉。"水穗答道。她已经下了决心，不管佳织问什么，自己都绝不回答。

但这份决心并没派上用场。沉默了一阵之后，佳织出了房间，只剩下轮椅转动时轮子吱吱的摩擦声在房间里回荡。

收拾好行李后，水穗下到一楼。铃枝如往常一样在准备早饭。水穗看她品尝饭菜味道的样子，不由觉得她比自己更融入这个家。她就像是厨房的一部分，已经与这里同化。

只顾着做饭的铃枝看到水穗就站在自己身边，先是一脸惊讶，随即笑着说："早上好！昨晚您睡得还好吗？"

"非常好。"水穗答道。

铃枝笑了笑，又继续忙着手头的事情。水穗还是站在原地，视线追逐着铃枝的一举一动。铃枝察觉到水穗的视线，停下手疑惑地看着水穗："您有什么事吗？"她不安地问道。

"我想问问纽扣。"水穗说，"就是宗彦姨父睡衣上的纽扣，到底掉在了哪里？"

水穗早就决定开门见山地问这个。其实应该更早追问的，现在说这些为时已晚。虽然如此，也不能放任不管。

"纽扣……"铃枝的笑容凝住了。看到她的反应，水穗确信自己的推理没有错。

"对，就是纽扣。"水穗又重复了一遍，"但我不希望听到你说它就掉在宗彦姨父的尸体旁边，因为我那天晚上亲眼见到二楼走廊的架子上放着那枚纽扣。纽扣可不会自己长脚跑到那儿去。"

铃枝的胸口剧烈地起伏着，看来她在思考如何辩解。水穗不给她辩解的机会，接着说："一定不是你在二楼走廊的架子上发现了纽扣，然后把它扔到了后门外，而是除你之外，还有一个人参与了伪装成外人潜入作案的过程。"

"不，那都是我自己……"

"别再这样了。"水穗平静地说，"我都已经想明白了，就是那个人把架子上的纽扣扔到后门外的。但是有一点我不明白，那个人怎么知道纽扣是宗彦姨父睡衣上的？"

铃枝的嘴唇微微翕动，听不清她在说什么，不是因为声音太小，而是因为她还没想好怎么说。

"铃枝，你为了掩盖是家里人作案，做了很多伪装，对吧？"水穗注意着自己的用词。铃枝的腰似乎挺得更直了。"但实际上，你不仅知道是家里人作案，还知道凶手就是松崎堂舅，对吧？"

铃枝垂下了头。看到身旁的锅冒起热气，她伸手调小了火。

"而且，"水穗舔舔嘴唇，她的嘴唇紧张得发干，"你还知道松崎堂舅其实不是真凶，对吗？"

铃枝的表情全无变化。她双手交叠在围裙前，直直地盯着斜下方，呼吸似乎也没有丝毫紊乱。过了一会儿，她说："您到底想说什么？"她的声音虽然平稳低沉，但蕴藏着一股寒意。

"松崎堂舅没有杀死宗彦姨父，他谁都没有杀。你们一开始就知道。不仅如此，你们应该还知道谁是真凶，知道他不仅杀了宗彦姨父他们，还想嫁祸给松崎堂舅。"

"小姐。"铃枝的声音依旧低沉，语气却十分尖锐。水穗等着她继续说下去。但她一向刚毅，最终什么都没说，只是缓缓地摇了摇低垂的头，便转过身继续默默地做饭。她全身上下都明确传达出拒绝再谈下去的讯息。

"好吧……我懂了。"水穗叹了口气，转身离开。身后传来铃枝切菜的声音，听上去没有一丝紊乱。

水穗心情沉重地上了楼。虽然铃枝什么都没说，但她那毅然决然的态度已经说明了一切。

"再见了。"不知为什么，水穗脱口而出这句话。

小丑人偶视角

此刻，我身处狭小的酒店房间里。这里说是酒店，其实就是家破旧的商务旅馆，窗外是灰色的工厂外墙和民宅的砖瓦屋顶，还能看到一些民宅窗外晾晒的衣服。

从被带到这里开始，我就只能看到悟净的侧脸。

悟净坐在简易写字台前，对着摊开的笔记本思考着什么。笔记本上有一幅用铅笔画的图，像是十字大宅的构造图，有十字交叉的走廊和各个房间的位置。

笔记本上不仅有构造图，还有院子和车库的位置关系图，不知他是什么时候调查的。

图旁边写着一行行细小的文字，都是悟净此前全神贯注地写下的。

除了笔记本，桌上还有一本黑色封皮的旧书。书摊开放着，空白处也有一幅草图，看起来画的也像是十字大宅。

看到这些，我恍然大悟那天晚上究竟发生了什么。那天晚上，就是那名女子跳楼自杀那晚，我也完全被骗了。

几小时之前，悟净还推演了宗彦二人被杀的情形。那个笔记本的前一页就画着音乐室的草图，旁边也密密麻麻地写着他推理的内容。

悟净已经完全查清真相了——我可以如此断定。我一直以来无法理解的一些事情和言行，都可以用他的推理来说明。

很快就要结束了，一切都会结束了。

3

　　早餐在沉重的氛围中结束了。水穗和佳织隔着桌子相对而坐，两人沉默地喝着汤，吃着沙拉、蛋卷和法式吐司，直到饭后喝咖啡时，始终一言不发。上菜的铃枝也沉默不语。在这样的氛围下，连餐具碰撞的声音都显得刺耳。

　　铃枝中途拿托盘把早餐送到静香的房间。若只是送早餐，她上去的时间未免太长了。水穗能想象她在对静香汇报什么。

　　"大家都走了。"水穗吃完起身时，佳织突然说。水穗回头看着她，但她没有回应水穗的视线，只是直勾勾地看着前方。"两个月前，大家都还在。妈妈、爸爸……还有外婆，我们一起吃饭，但现在只有我自己。怎么会这样？"

　　水穗想说些什么，又找不到合适的话语。怎么会这样？明明大家都知道原因。她默默地离开了餐厅。佳织也没再说什么。

　　水穗正准备走进自己房间时，另一扇房门打开了。静香探出比平时更显苍白的脸，问道："现在有空吗？"

水穗避开她的视线，挤出笑脸微微点了点头。

"那你来一下？"

"好。"水穗说着走向静香的房间。她突然觉得胸口被压得喘不过气来。

"听说你要回去了？"待水穗关上门，静香平静地问道。她没有责备的意思，看起来也不准备挽留。

"我待得太久了。"水穗说道。这是她的真实想法。

静香非常理解似的点了好几次头，接着往茶壶里续上水，又往两个杯子里倒上茶水。

"我听铃枝说了。"静香说，但是没有提到底听说了什么。"我知道你想了很多，但看来你想的比我预想的要深入得多。这大概也让你痛苦不已吧？"

"是的，外婆，"水穗努力克制着心中的情感，"是有点痛苦。最开始我一直想避开这个令人生厌的想法，但我实在无法再逃避下去了。"

静香双手捧着茶杯，抿了一口茶。她的目光依旧十分和蔼，同时带着一丝寂寞，连她脸上的道道皱纹，似乎也透着股落寞。

"我一直在想该怎么办。"静香说，"让你就这么离开也不是不可以，但是留下那么多误会毕竟不好，你也想痛痛快快地弄清楚吧？"

"不是痛快不痛快的问题。"水穗的脸颊有些燥热，"我自己也不知道该怎么做，但我觉得不能以这种方式结束。这样太不自然，一定会留下很多扭曲和嫌隙。也许只是我自己心里的阴影，总觉得自己好像并未被接纳为竹宫家的一员……我说不清楚。"水穗说到一半，开始又拽头发又摇头，她的心情很是复杂。

"好了，你不用这么痛苦。"静香有点不忍心，又微笑道，"我们聊聊吧。说说你是怎么想的，我也说说我都知道什么。"

水穗直直地盯着静香。静香闭上眼睛，十分缓慢地点了点头。

"你和青江聊过吧？"静香问道。

"是的。"水穗点头，"他先想到了真相，但没有说出来……我想他是想先找到证据，但还没找到证据就被灭了口。"

静香又喝了一口茶，什么都没有补充。

"青江遇害前一晚，曾说松崎堂舅没有杀死宗彦姨父。他认为松崎堂舅自以为杀了人，但对方只是装死而已。"

静香脸上没有丝毫惊讶之色，只是看了看水穗，似乎水穗说的这些她都已知道。

"他还说，这些只是一场戏中的第一幕，其实还有第二幕、第三幕，可能有出人意料的演员扮演了出人意料的角色。我反复琢磨他这句话，想弄明白他到底想说什么。然后，我终于找到了答案。"

水穗停下来深吸了口气，看着静香。静香的神情还是没有丝毫变化。水穗也曾就音乐和绘画向她表达过自己的见解，现在她的表情和那时一模一样。

望着始终不为所动的静香，水穗毅然说出了下面的话。"松崎堂舅以为自己杀了宗彦姨父，但对方只是假装遇害——这个戏法的秘密在于另一处伪装。那就是，假装遇害的不是宗彦姨父本人。在那么昏暗的地方，只要穿上睡袍、戴上帽子、戴上眼镜再贴个胡子，是难以辨认究竟是谁的。我这么想是有根据的。在松崎堂舅说他失手杀了宗彦姨父的那个时间后，我还看到宗彦姨父的房间里亮起了灯，那时宗彦姨父还活着，假装遇害的应该是其他人。但这一假装还是有问题，因为无论怎么化装，身材都伪装不了。这样一来，能假装成宗彦姨父的人就很有限。"水穗等着静香的反应，接着说，"那么……只可能是永岛。"

听到这里，静香长出一口气。或许她其实也紧张不已，这一声长叹可以看作她肯定了水穗的推理。

"永岛先是伪装成宗彦姨父，假装被松崎堂舅杀死，然后再杀了宗彦姨父，这样就可以完全嫁祸给松崎堂舅。杀掉三田女士应该是计划外的行动。这样一想，很多问题就迎刃而解了。其中一个就是证明松崎堂舅是凶手的拼图。永岛说自己偷偷潜进音乐室是为了把掉在外面的拼图放回拼图盒子里。正是这个行为导致盒盖开裂，让警察发现了这片拼图，松崎堂舅因此无路可逃。但仔细想想，这么做其实很奇怪。为什么非要把拼图放回去不可呢？即便拿破仑肖像拼图真的少了一片，警察也不会在意。永岛只要把拼图烧掉或者扔掉就好了。盒盖开裂什么的，倒像是故意要让警察发现而做的手脚。不只是拼图，铃枝说宗彦姨父手里还攥着凶手的头发。这也太巧了，恐怕这些也都是为了嫁祸松崎堂舅做的手脚。"

水穗接着又说了一个她必须要弄明白的问题。

"为了嫁祸松崎堂舅，永岛做的手脚不止这些，比如将松崎堂舅扔掉的手套沾上血等等。但是，铃枝让这些嫁祸都失去了作用。她扔掉了宗彦姨父手里的头发，还把手套丢到了门外，但这些事情不是铃枝一个人可以做到的，还有一个人——外婆，是您和铃枝一起做的，对吗？"

静香没有立刻回答，只是抬头看着远方。过了一会儿，她垂下眼睛，微微歪着头说："是的。"

水穗深吸了口气："但您那么做，不是因为您猜凶手可能是家里人。您当时已经心知肚明，凶手就是永岛，并且想嫁祸给松崎堂舅。"说到这里，水穗直视着静香的眼睛，说，"是因为那枚纽扣。纽扣应该也是永岛做的手脚。铃枝说纽扣掉在宗彦姨父尸体旁边，但我知道它本来在走廊的架子上。可奇怪的是，就算把宗彦姨父的睡衣纽扣放到那里，也不能因此陷害松崎堂舅。这到底是怎么回事？答案只有一个：永岛原本把纽扣放在了别处，不是架子上，而是能把嫌疑引到松崎堂舅身上的地方。然后外婆您捡到了纽扣，把它放到了架子上。"

水穗一口气说完，等着静香的反应。对于到此为止的推理她反复想了好几遍，很有自信。

静香叹了口气，说了声"是的"，语气听起来十分痛苦，但表情一如既往地毫无变化。她接着说："那天晚上我起夜，刚一打开门就看到永岛上了楼。我好奇他那么晚在干什么，只见他往自己房间的反方向，就是松崎房间的方向走去。我就躲在走廊的拐角观察，看见永岛蹲在松崎的房门前做了些什么。我觉得自己看到了不该看的事情，就回了房间。等过了足够长的时间之后，我又走出房间，上完厕所后去永岛蹲下的位置看了看，结果……"

"纽扣就放在那里？"

"是的。"静香点了点头。

果然如此。水穗完全明白了。如果警察在松崎门前发现了纽扣——恐怕一定会发现——必然会怀疑他。

"但是当时我还不知道到底发生了什么，也不清楚纽扣到底是不是永岛放在那里的。"静香有些伤感地说。如果当时就知道发生了什么，或许会有不一样的办法——她大概是这个意思。

"所以您只是把纽扣放到了架子上？"水穗问道。

"是的，也没什么特别的意思。"静香浅笑道。

我大概就是这之后出了房间，发现了架子上的纽扣，水穗想道。如果时间差了哪怕一丁点，情况可能会完全不一样。

"铃枝发现音乐室的尸体之后，首先告诉了我。她是个聪明人，一眼就看出是家里人犯的案。我去现场查看之后，问她有没有可能伪装成外人潜入作案。我们俩绞尽脑汁做了很多手脚，但其实还有一件事我没告诉铃枝，你知道是什么吗？"

"我知道，外婆。"水穗明确回答，"当时您已经想到凶手是永岛了吧？"

"是啊。"静香答道，"我看到宗彦睡衣的纽扣少了一枚的时候，立即就意识到那就是我捡起来的那枚。我当时就明白凶手是永岛，而且他想嫁祸松崎，但我没有告诉铃枝。纽扣的手脚是我做的，铃枝并不知道。我在大家知道前把纽扣从二楼阳台扔了下去。"

原来是这样，水穗意识到自己还是没有想周全，后门正上方也有个阳台，根本不用走出后门，在楼上就可以把纽扣扔掉。

"但山岸警官逼问的时候，铃枝说纽扣也是她扔的。"

"这就是她的聪明之处了。她察觉到纽扣是我扔的，其中必有隐情，所以就说是自己扔的，以免让警察追查到我。"

"松崎堂舅被抓时，铃枝还不知道真相吗？"

"是的，她似乎只是察觉到我在隐瞒什么。"

"外婆，您明知道松崎堂舅不是凶手，为什么不告诉警察？您更想保护永岛吗？"

静香手捧着脸颊，摇头说："不。一开始我的确是想保护永岛，毕竟他杀的是那两个人，我不怎么恨他……"

那两个人死了也是活该——静香的话里似乎有这层意思。她接着说："而且……我还考虑到佳织。"静香有些犹豫地继续说道，"佳织仰慕永岛，只要他陪在身边，那孩子就会非常开心。如果佳织知道他是杀害父亲的凶手，可能一辈子都无法从打击中恢复过来。其实我跟和花子已经说了实情，不仅跟和花子，对琴绘……对你妈妈也说了。我们三人商量后决定，如果瞒得下去，就不会把永岛做的事说出来。"

原来如此！水穗终于明白了，怪不得葬礼那天琴绘的态度看起来有些冷淡。

静香又开口了："但是松崎被抓之后，我的想法改变了。永岛能如此巧妙地陷害别人，让我感觉非常恐怖。但想到佳织，我又下不了决心讲出一切让永岛被捕，于是我开始想办法让永岛主动离开佳织去自首。你也知道，关于宗彦睡衣上的纽扣，铃枝没有说实话。我本来希望永岛能就此意识到有人发现了他的罪行。"

"我想他应该是意识到了。"水穗说。

"但他既没有离开，也没有去自首，甚至还将看破他设下的陷阱的青江杀了。"

青江生前最后一晚曾在一楼客厅和水穗谈过对案件的看法，水穗上楼时察觉到有人在偷听，看来那个人就是永岛。

"他竟然还会继续杀人……我实在是做梦也没想到。"也许是又回忆起当时的冲击，静香疲惫地说道。

"但是，外婆您又袒护他了。警察问讯时，您故意把时间说得靠后了一些。您说他是两点二十五分出的房间，但他其实是更早的时候离开的吧？"

"是……我听说青江遇害之后，马上就明白是永岛下的手。他是两点十五分离开的，时间上也完全吻合。"

"永岛估计也没想到尸体会那么快被发现，所以完全没有做不在场伪装。他故意在警察问讯时把所有时间都说得很模糊。他说先来了外婆您的房间，又去了佳织的房间，但时间记不清。也不知道他怎么看待您帮他做伪证这件事，或许是觉得您恰好记错了。但不管怎么说，他运气确实好，就连佳织也说了假话。"

水穗说罢，静香像要抑制头痛似的用力按着眼角。她一动不动地坐了一会儿，长叹一口气说："她应该什么都不知道，可她为什么要说谎……"

　　"我想她应该凭直觉猜到了什么，她很敏感。"水穗说，"可能是永岛的态度或者别的事情，让她察觉到杀害青江的凶手是谁，但她袒护了永岛。她说永岛是两点三十分左右到的她房间，这绝对是假话。她是真的爱着永岛，绝不是仰慕这么单纯。"

　　"我来解决这件事。"静香斩钉截铁道，"我会用不伤害佳织的办法让永岛消失，再为松崎洗清冤屈。我还不知道该怎么做，但会试一试。"

　　"那么您是希望直到您将事情解决为止，我什么都不要说？"

　　"如果你真要去找警察说出真相，我也不拦你。"

　　水穗听完浅笑了一下，说："我去找警察也没什么意义。但是有一点希望您能告诉我，永岛到底为什么杀害宗彦姨父他们？"

　　静香看着窗外，说："我也不确定他的动机是什么，但事情发展到这步，只能认为他对赖子的感情是真的了。"

　　"对赖子姨妈的感情……"

　　佳织以前也说过，永岛深爱着赖子，因此才十分痛恨把她逼死的宗彦和理惠子。这就是动机吗？若果真如此，静香和佳织对永岛恨不起来也可以理解。

　　"好了，我要说的都说了。没有问题了吧？"

"嗯，谢谢您，外婆。"水穗站起身说。

"你还要回澳大利亚吗？"静香抬头看着水穗。

"嗯。我会再去一趟澳大利亚，然后……努力把这些都忘掉。"

水穗打开了房门。

走出去的瞬间她有种错觉，墙上那幅巨大的幸一郎肖像画仿佛看了自己一眼。

小丑人偶视角

悟净出了酒店后，马上打了一辆车。看来他要去十字大宅。他手里拎着一个提包，我就被放在里面。

悟净大概是要去竹宫家解开谜团。我不知道这会让谁得到救赎，又会让谁陷入深渊。悟净自己大概也不知道。

我看到的竹宫家的悲剧——这场从跳楼自杀开始的悲剧——就要结束了。

这真是一连串充满谜团的案件。

首先是音乐室。那晚来到音乐室的不是宗彦，而是永岛，但我之所以会误会，还是因为之前的事情。

让我产生误会的，是之前发生在会客室里的对话。没错，就是悟净首次造访十字大宅那次。当时老妇人说，把人偶放在架子上的是"宗彦"，但其实并非如此，把我放在架子上的是永岛。因为这一点，我误以为永岛的名字是宗彦。

那天晚上在我眼前装作被杀的不是宗彦，而是永岛，我直到最近几天才意识到这一点。在我被水穗放在客厅的那一天，竹宫家的人聚在一起吃了晚饭。当时我发现我认为已遇害的宗彦也在其中，直到那时我才知道他不是宗彦，而是永岛。

那天晚上假装遇害的原来是他——我这才明白真相。永岛化装成宗彦假装被杀，然后再杀掉宗彦，那个女人估计也是他杀死的。

悟净不只发现了这一点，还发现不止一个人在包庇永岛。老妇人或铃枝自然是其中一员。

但这并不意味着案件已就此解决。还有一个更重要的问题，永岛为什么要杀死这两个人？

悟净就是为了说明这一点才前往十字大宅。

4

当铃枝通报悟净来访时，水穗已整理好行李。她和悟净在玄关打了个照面。

"听说您要走了？"悟净问，看来是铃枝告诉他的，"有些话一定要在您出发之前告诉您。"

"我也有话对您说，"水穗刚开口又歪了歪头，说，"不过也许只是确认一下而已。我想我们的想法是一致的。"

"您猜出真相了？"悟净扬眉看着水穗。

"是的。"水穗微微点点头，看了一眼背后，确定没有人偷听后，又说，"我找外婆确认过了，我没猜错。"

听到她和静香谈过了，悟净有些惊讶："老夫人怎么说？"

"她说希望能交给她解决。我也答应了。"

"哦……"悟净咬着下嘴唇，视线投向下方，又抬起头说，"看来我们还是有必要谈一谈，能不能去您的房间？"

"可以，您请。"水穗给他拿过拖鞋。

二人进入房间后，仍和上次一样隔着桌子相对而坐。悟净深呼吸了一下，接着拿出水穗之前见过的速写本。

"您已经知道凶手是谁了吧？"悟净问道。

"是的。"水穗答道，"我想我的推理没错。"

悟净试探似的小声说："是……永岛先生吧？"

水穗点了点头。

"那您也知道是永岛先生假扮宗彦先生了？"

"我还知道外婆隐瞒了这些。"水穗补充道。

"那么我说一下自己的推理。如果有和您想的不一样的地方，请您指出。"说着，悟净讲起对宗彦二人遇害一案的推断，和水穗想的几乎一样。

"没有什么不同的。"水穗听完说道，"您不是这家里的人，却能想到这么多，真是厉害。"

"所谓旁观者清。"悟净边说边观察水穗的神情，"关于动机，不知您是怎么想的？"

"这一点我还不大明白。"水穗把和静香的谈话内容告诉了他，说看来永岛深爱着赖子。

"永岛先生爱着赖子夫人这一点确凿无疑吗？"

"这……外婆说是从永岛的态度里察觉到的。"

"从态度察觉到，但是……比如说，"悟净顿了一下，像是在思考该如何表达，"有没有可能，那其实是在掩饰什么？"

"掩饰？掩饰什么？"

"就是……"悟净一时语塞，他没有继续就此说下去，而是换了个话题，"对于这起案件，有一点我一直不明白，那就是永岛先生是怎么在深夜把宗彦先生和三田女士叫到音乐室的，而且他怎么会知道松崎先生受贿，又是怎么用三田女士的文字处理机做的手脚，这些我也想不通。"

"嗯，的确是……"水穗也答不出来。的确，就如悟净所说，这些问题完全没有解决。

"所以我试着这么想了想：永岛先生、宗彦先生和三田女士之间会不会有什么不为人知的关系。"

"不为人知的关系？"水穗皱了皱眉，这点她完全没想过，"您是说他们三人有共同的秘密吗？"

"是的，而且还是相当重大的秘密。到底是什么呢？永岛先生不是竹宫产业的员工，应该与公司无关。"

悟净语气沉稳，但水穗倒吸了一口凉气。"难道是……"

"没错。"悟净像是知道她为什么震惊一样点点头，说，"会不会与赖子夫人自杀有关……我是这么想的。"

"赖子姨妈自杀……但是到底跟他们有什么关系呢？"

"这么想虽然离谱，"悟净说，"但我觉得那可能不是自杀。"

"不是自杀？不可能！佳织和宗彦姨父都亲眼看到赖子姨妈跳下去了。"

"不，这样说并不准确。"悟净正视着水穗，"按佳织小姐的说法，无论从位置上还是时间上，她应该都没有清楚地看到跳下去的女人的长相。严格来说，佳织小姐看到的应该是有个像是赖子夫人的女人跑上楼梯，又从阳台跳了下去。"

水穗心脏猛地一缩，心跳急剧加快，全身开始发烫。"您是说，跳下去的不是赖子姨妈？"

　　"是的，并且还有一个人也对此抱有怀疑，就是青江先生。您告诉过我，青江先生曾说无法想象赖子夫人会以那样的方式死去——我认为他的推理都是从这点出发的，我也做了一个假设。"悟净打开提包，拿出小丑人偶说，"青江先生为什么把人偶拿走，他想弄清楚什么，而凶手为什么不希望他调查这个人偶？青江先生遇害时，山岸警官曾说人偶上没有被触碰过的痕迹——但这是不可能的。人偶起初放在玻璃罩里，大概没有人碰过，但我听说有好几个人直接接触过人偶，查不出他们的指纹就很奇怪。为什么查不出来？因为凶手把指纹擦掉了。凶手为什么要这么做？就是因为有的指纹被查出来会很麻烦。"

　　"谁的指纹怕被查出来？"

　　"三田女士的指纹。按说她没有接触人偶的机会，如果人偶上检测出她的指纹，那她是什么时候触碰的人偶，就成了问题。"

　　"三田女士的指纹？"水穗摇了摇头，太阳穴隐隐作痛，"我不明白，什么意思？"

　　"青江先生可能是这么想的：跳下阳台的赖子夫人，会不会是三田女士假扮的？"

　　"怎么会……"

　　"这的确是令人拍案叫绝的想法。"悟净双眼放光，"青江先生想，怎样才能证明这一点？于是他想起佳织小姐说的赖子夫人跑上楼后，马上把人偶摔在地上这一细节。如果那时的赖子夫人是假扮的，那么人偶上就应该留有假扮她的人的指纹。"

"青江想到了这一层，为了检测指纹才把人偶拿走？"

"大概是。而凶手——永岛先生，碰巧得知了青江先生的想法。我觉得问题可能出在青江先生外出前打的那个电话上。可能青江先生把自己的想法在电话里说了出来，而永岛先生碰巧听到了，于是决定必须尽快把他灭口。"

"难以置信！"水穗双手捂脸说，"那赖子姨妈是怎么死的？"

面对水穗的疑问，悟净又露出苦涩的神情："这话很难启齿。我想应该是在三田女士跳下阳台前，被扔下去摔死了，可能是被人下了安眠药。"

"做这些的就是那三个人……永岛先生、宗彦姨父和三田女士？"

"应该是这样。"

"难以置信！"水穗又摇摇头说，"因为……即便是假扮的，的的确确有个女人从阳台跳下去了，她也不可能平安无事。"

"所以，"悟净盯着水穗说，"这里就有一个巧妙的圈套，几乎可以说是疯狂的圈套。如果没有这本书，我可能永远都无法想到。"说着，他拿出那本智力游戏书。

"书里真的有什么秘密？"

"是的，这里有解开谜团的关键。"悟净边说边翻开速写本，上面画着十字大宅二楼的草图。他开始解释："那天晚上，佳织小姐和宗彦先生听到尖叫声后走出房间，看到一个女人翻过阳台护栏，跳了下去。宗彦先生见状就把佳织小姐抱回房间，把她在轮椅上安置好，然后出了房间。佳织小姐随后也坐着轮椅来到阳台查看下面的情况——就是这样，对吧？"

"是的。"水穗说，"佳织说过，阳台下只有倒在地上的赖子姨妈和跑下去查看的宗彦姨父，并没有其他女人。"

"是啊。"悟净缓缓地点头说，"因为夫人是被人从北侧的阳台推下去的，从那里看下去应该只能看到夫人的遗体。但是，实际上那个女人跳下的不是北侧阳台，而是东侧。"

"不可能！从佳织的房门前，只能看到北侧的阳台。"

"如果直线看过去，的确如此。但要是在这里——"悟净说着在草图上的走廊交叉处画了一条线，说，"要是在这里安上一面镜子，从佳织小姐的房门外看到的就是东侧的阳台，而看似是北侧的楼梯，其实是东侧楼梯。"

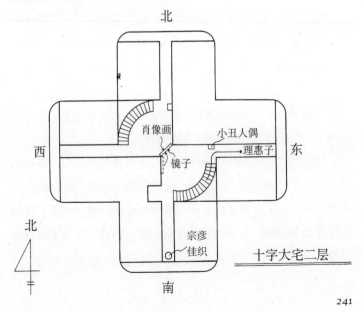

十字大宅二层

241

水穗又感到心脏猛地一跳。镜子？佳织看到的情景难道是映在镜子里的虚像？

"这一切都是经过巧妙安排的圈套。"悟净平静地说，"害死赖子夫人后，宗彦先生先去佳织小姐的房间，让她不能出门。永岛先生则利用这段时间架设好镜子，三田女士假扮成赖子夫人做好准备。然后三田女士瞅准时机尖叫着跑上楼，从东侧阳台跳了下去。因为这栋宅子除了北侧，都只有两层高，只要在阳台下停一辆厢式货车，车顶垫上被子什么的，跳下去也不会有问题。之后宗彦先生便抱着佳织小姐回到房间，永岛先生在这段时间里收好镜子，自己也藏了起来。剩下的就和佳织小姐亲身经历的一样。永岛先生和三田女士大概趁人不注意溜出了宅子。"

悟净把小丑人偶放在水穗面前，说："楼梯旁的少年和小马人偶被换成小丑人偶，也是为了这个圈套。如果是少年和小马人偶，很可能在镜子里被人看出左右反转，因此才放上了这个左右差别不大的人偶。"

"这样啊……"正如悟净刚才所说，这简直是一个近乎疯狂的圈套，但水穗找不到任何反驳的证据。

"请看这一页。"悟净翻开黑色封皮的智力游戏书，放在水穗面前。摊开的那页上介绍了一个使用镜子的魔术。只要在箱子里斜着放上一面镜子，从正面看不出丝毫破绽，看上去里面好像什么都没有。书里介绍了如何利用这一机关在镜子内侧隐藏物品。

"我起初也没在意这一页，但无意中发现这一页的空白处有个奇怪的笔记。就是这里。"

悟净手指的地方有一个铅笔画的十字架形状的东西，在十字交叉部分画有一道斜线，写着"这里放镜子"。

"这是……宗彦姨父写的？"

"应该是，估计宗彦先生也是看了这本书才想到在走廊里放镜子吧。"

"青江说在书中找到了很有意思的东西，原来他说的就是这处笔记？"

"很有可能。"

水穗缓缓摇了摇头。那时就是因为先把这本书借给了青江，才导致他遇害。

"但是还有一个问题。"悟净敲着笔记本上的草图说，"这么大的镜子，怎么能像变魔术一样很快地拿出来又放回去？我不清楚青江先生是不是猜到了其中奥妙，我是从您前几天的话语中找到了答案。"

"我的话？"

水穗话音刚落，屋外突然传来咚的一声。悟净迅速起身，打开房门。

门外，佳织神色慌张地抬头看着悟净。

"佳织，你一直在听吗？"水穗问道。

佳织急忙摇头："我没有偷听，只是……"

"只是什么？"

"我看到外婆从这边走开……脸色十分苍白，我觉得奇怪就过来看看。"

水穗看了一眼悟净，悟净小声说道："不妙！我们的话可能被她听到了。"

"外婆在哪里？"水穗问佳织。

"好像下楼了。"

佳织话音未落，悟净便出了房门，水穗也紧跟其后。

下到一楼，只看到铃枝一个人在打扫房间。水穗急忙问她静香在哪里。

"应该是在自己的房间里。"铃枝面无表情地回答，"永岛先生来了，夫人便让永岛先生到她的房间一趟。"

"那永岛现在在外婆的房间里？"

"是的。"

"不好！"

悟净急忙转身跑上楼梯，黑色披风高高扬起。水穗也跟着跑了上去。

上到二楼后，悟净直奔静香的房间，猛地推开房门。

永岛正站在门旁看着肖像画。看到悟净进来，他露出诧异的神情。就在这一瞬间，悟净冲他扑了过去。几乎同时，响起什么东西划破空气的声音，一支箭扎在肖像画上。

"外婆！"跟着进入房间的水穗发出悲鸣。静香举着弓弩站在房间一角，刚才就是她朝着永岛射出一箭。

"为什么要杀我……"被悟净救了一命的永岛一脸悲伤地站

了起来。

"我们都知道了，永岛先生。你假扮宗彦先生、三田女士假扮赖子夫人的事，还有用镜子设下的圈套。"悟净说着挥起左拳，猛地砸向幸一郎的肖像画。画像里侧传来碎玻璃掉落的声音。"这个画框的背面是镜子，上面大概放了张三合板来遮挡。我已经确认过了，画框的宽度和走廊交叉处的对角线一样长。估计这幅画放在走廊时，画框下面装了轮子之类的东西，只要打开锁就可以轻易挪动它。"

原来如此！水穗明白了。赖子去世那天，这幅肖像画的确还放在走廊上。如果它背面是面镜子，那做出悟净刚才所说的圈套并非难事。

水穗还想起永岛的理发店里用了巨大的镜子来做装饰，佳织说过那是宗彦的主意。当时宗彦很可能已经想好杀害赖子的方法，为了掩饰购买镜子的真实目的才这么做，而负责制作肖像画、确定肖像画尺寸大小的也是宗彦。

"什么……"永岛抬头看了看肖像画，又看了看悟净，说，"你在说什么？我完全不明白。你一个外人不要胡说。"

"的确，一切只是我的推测，但所有情况都表明你就是凶手，并且老夫人早就知道是你杀了宗彦先生、三田女士和青江先生。"

永岛惊讶地看向静香，静香依旧举着弓弩一动不动。

"我看见了，"静香平静地说，"那天晚上我看见你了……看见你要陷害松崎。"

永岛瞬间脸色煞白，圆睁的双目变得通红。

"还有青江……也是你杀的吧？"静香问道。

永岛听完紧咬嘴唇，双拳紧握，手背上青筋暴突。

"告诉我，你们为什么要杀赖子姨妈？"水穗问道。永岛别过脸不愿回答。

"我来说吧。"静香开了口，"你不是他——不是竹宫幸一郎的儿子，对吗？"

水穗倒吸了口气看着永岛，只见永岛也瞪大眼睛，直视着静香。

"您早就知道了？"他问道。

"早就知道了。"静香答道。

众人一时间陷入沉默，只有永岛粗重的呼吸声清晰可闻。渐渐地，他的呼吸平复下来，等他再次抬起头时，眼神已经平和了许多。

"您是什么时候知道的？"他问道。

"很早以前。"静香答道，"赖子一直心存疑惑，就在我丈夫去世前不久暗中安排了一次 DNA 检测，检测结果证明你和我丈夫之间没有血缘关系。但讽刺的是，结果还没出来，我丈夫就去世了。"

"她明明跟我说没有告诉其他人。"永岛恨恨地说，"她说只要我静悄悄地离开这个家，就不会告诉任何人，还说关于给我遗产的遗嘱自然归于无效。"

"所以你就杀了她？"水穗问道。

"宗彦找我做了个交易。"永岛答道，"他大概也从赖子夫人那里得知我不是幸一郎的儿子，于是找到我，提出杀害夫人的计划。他和三田理惠子的关系被夫人发现了，面临离婚危机，这个智力游戏疯子就想出了那个使用镜子的手法。"

"然后你把两个共犯也杀了？"

永岛沉默了片刻，抬手擦了下不断冒汗的面颊，长叹了口气，说："我的目的是把竹宫家据为己有。竹宫幸一郎对我母亲始乱终弃，让她过着生不如死的日子。为了复仇，我才假装成私生子来到这里。十年……真是漫长的十年。"永岛说着闭上双眼，仿佛在回忆这十年来的种种往事。"为了实施我的计划，必须除掉那两个人，而且他们杀死赖子夫人的事也被青江揪住了把柄。"

"揪住了把柄？被青江？"水穗问道。

"我以前跟你说过，赖子夫人七七前，有天晚上我在这里留宿，花瓶被打翻了，弄湿了床。那天我在佳织的建议下，睡在宗彦的房间里。早上起来时，发现门缝里塞进来一封信，是写给宗彦的，没有落款。信里说——"永岛润了润嘴唇，"信里写着'我知道是你和三田理惠子杀了赖子夫人，你们若不在夫人七七之前自首，我就全告诉警察'。"

"这封信是青江写的？"

"当时我不知道是谁写的，但我认为必须尽快想办法解决。"

"所以你就在七七那天下手……"

"我没什么时间去谋划，也就因此……露出了破绽。"说着，他叹了口气。

"给松崎堂舅留的那张纸条也是你写的？"水穗问道。

"对。我想把他引出来，把罪名都推到他头上。我故意用和理惠子同型号的文字处理机打印出纸条，后来又找了个借口进入她的房间，把碳带塞进了抽屉，接下来，只要我把她伪装成自杀，警察就会搜查到这个碳带。这样警方就会认为是理惠子给松崎留了纸条，并且认为理惠子和宗彦本想给松崎设陷阱，却导致宗彦被杀，于是理惠子便因承受不了打击而自杀。"

"这么说，事情还真是基本按照你的设想进行。"悟净说道。

永岛听了笑了笑，摇头说："松崎离开地下室后，我打电话叫宗彦出来。虽然是深更半夜，但一说有要紧事，他就马上下来了。"

"然后你就杀了他？"

永岛点点头，说："他一进屋我就下手了，然后挪动他的尸体，和与松崎打斗时试验过的一样，把拼图撒在他身上，还在他手里塞了些和松崎打斗时揪下来的头发。直到这一步，都是按照我的计划进行。"

"你没想到三田女士也会来吧？"

"是。宗彦临死前说他跟理惠子联系过了，我做的一切很快就会败露……"

"所以你就把她也杀了？"水穗握紧了拳头。

永岛瞥了她一眼，又扭过头说："我觉得她肯定不会向警察告发，因为这样一来，我们联手谋害赖子夫人的事就会败露。但是也不能放任不管，只能把她也处理掉。"

"你是在走廊上动的手吧？"

听到悟净这么问，永岛有些惊讶地说："这你也知道？没错，是这样。我在走廊上等着她，从正面给了她一刀，然后把她的尸体搬到屋子里，放在宗彦旁边。其实我原本想用个更像是自杀的方法。"谋害宗彦的行动计划十分周详，永岛说到这里，看上去有些不甘。"还有……铃枝会把现场伪装成外人潜入作案，也是我没考虑到的。"

"看到用来陷害松崎堂舅的伪装都消失了，你一定很慌张吧？"

听完水穗的话，永岛点头说："很慌张。早上醒来情况全变了，我急忙想该怎么办。但事先为防万一，我捡起了松崎掉下的拼图，这时终于起作用了。"

"发现尸体后，你和大家一起进入音乐室，趁乱在拼图上沾上宗彦姨父的血，然后再把拼图放回盒子里，故意让警察找到？"

但这次永岛摇了摇头："不，有一点不对。松崎掉的的确是拿破仑肖像拼图的一片。我觉得没什么用，就在尸体被发现前到会客室里偷偷拿了一片鹅妈妈拼图，然后在跟大家一起进入音乐室时趁乱沾上血，之后再把它和松崎掉下的那片拼图一起放到盒子里。因为它是鹅妈妈拼图的一部分，那天晚上和宗彦一起玩拼图的胜之和松崎就会首先被怀疑。我估计这样一来，生性懦弱的松崎就会坦白。"

　　而实际上，警察山岸等人发挥了超出永岛想象的推理能力。

　　"你之所以对青江下手，是因为他开始接近真相？"水穗确认般问道。

　　永岛先回答"他过于聪明了"，又接着说："松崎被抓后，只有他还不依不饶地追查真相。他说的每一句话，都直指案件的关键。至此我确信，给宗彦留下信的一定也是他。"

　　"而且他还准备去调查小丑人偶。"悟净插了一句。

　　永岛点头说："那天我从老夫人的房间里出来后，在走廊上碰到了佳织。她说青江给大学图书馆打了电话。"

　　"图书馆？"

　　"佳织说，青江问图书馆里有没有鉴定学的书，书里有没有写怎样采集指纹。我一听就知道他是想采集小丑人偶身上的指纹。"

　　"原来如此。"悟净小声自语道。

　　永岛似乎再也没有要说的，无力地垂下头。

　　水穗鄙夷地看着他，说："但是，你一定觉得很奇怪吧？外婆和佳织都做了对你有利的不在场证明。大家其实都喜欢你。"

　　永岛摇了摇头："我知道大家对我很好，但是……我母亲在痛苦中死去，这是永远不会改变的事实。"

　　"其实……"静香沉重地说，"你不是我丈夫的儿子，在做DNA检测之前我就知道了。"

　　永岛的肩膀颤了一下，他抬起头，赤红的双目盯着静香，一脸难以置信的神情。"骗人……"

"我没有骗你，是我丈夫亲口告诉我的。但他也说，你过得不幸福，都是因为他，虽然你不是他的孩子，他也要赎罪。我不知道赖子对你说过什么，但我和丈夫从没想过要把你赶出这个家。包括遗嘱，也是我丈夫在知道这些的前提下确立的。"

"怎么会……"永岛双手抱头，跪在地上。

水穗呆呆地伫立原地，凝望着幸一郎的肖像画。静香射出的箭，正插在幸一郎的胸口。

5

　　水穗走上车站月台时，天空仍在飘雪。

　　她一边回想这次回来经历的一切，一边望着漫天飞雪。她担心佳织的未来，也牵挂静香和其他亲戚的处境。

　　永岛认罪后，水穗发现佳织不知何时不见了踪影，急忙四处寻找。水穗担心佳织自杀，这一连串案件的真相足以给她致命的打击。

　　佳织安然无恙，她在自己的房间里凝望着小丑人偶。悟净原本把小丑人偶留在水穗的房间里，佳织把它拿了过去。

　　"这是个神奇的人偶，"佳织说，"我一直觉得它的表情很诡异，但一直盯着它看又会感觉心底一片澄明。也许妈妈就是喜欢这点才买下它吧。"

　　"佳织，你……"

　　水穗刚想说些什么，佳织便闭上眼睛，摇了摇头，仿佛在说没有必要安慰她。她把人偶递给水穗："把这个还给悟净先生吧。"

"好。"水穗接过人偶，又看了一眼佳织。她那清澈的眸子旁依稀有一丝泪痕。

"我没事。"佳织努力抑制着情感，"但是想一个人待一会儿。"她说完便转过了头。

水穗微微点了点头，无言地走出房间。

这就是她和佳织的最后一次碰面。

她真的没事吗？水穗边望着飘落在铁轨上的雪花，边担心着这个可怜的表妹。

她一定能挺过来，水穗坚信如此。对她来说，人生自此才真正开始。这一连串案件让她懂得了爱一个人的喜悦和痛苦。只要能挺过这些，她就能变得更加坚强，就像她能克服双腿的残疾，坚强地生活到现在一样。

水穗又想起了永岛。永岛说，他本想博得幸一郎欢心，再引诱赖子，以掌控竹宫家。而这两人死后，他的目标就自然而然地转向了佳织。

我对不起佳织小姐，但我对她表示出来的好意绝无虚假——永岛是如此说的。

水穗还想起了青江。他一定也是真心爱着佳织，只是太不善于表达——这么想似乎让水穗稍稍得到安慰，却也让她更加痛苦。

"您要走了吗？"

水穗正痴痴地想着，突然听到有人从身后跟她搭话。回头一看，悟净正对她点头致意。他依然穿着之前那件黑色大衣，拎着的提包里应该装着那个小丑人偶。

"这次真是多谢您帮助我们。"

"哪里。究竟这样是不是最好的结局，我也很迷茫。"

"人们总是要知道真相才行。"

"话虽如此……永岛先生后来怎么样了？"

"我们通知了山岸警官，之后就交给警察了。"

"这样啊。"悟净点点头，略微正色道，"对永岛先生来说，事情最终还是发展到了最糟糕的地步。"

"最糟糕的地步？"

"是的。他为了隐瞒杀害赖子夫人的罪行，不得不接连杀人，最后仍被警方抓捕。我不知道他会受到什么样的判决，但他的人生肯定就此破灭了。"

"这没办法，"水穗说，"犯罪永远得不偿失——在任何年代都是如此。"

"的确。"悟净把提包换到左手上，冲右手指尖哈了口气。白色的雾气让他的脸庞一时变得模糊。"但是，有没有这种可能呢？就连永岛先生这种命运，也是被某人算计好的结果……"

"算计？怎么会？"水穗浅笑道。谁能有如此心机？

"假如，有人知道了赖子夫人死亡的真相，于是决定向三个凶手复仇。复仇的第一步，是让三人中的一人杀掉其他两人。"

"悟净先生……"水穗看着他的侧脸。

悟净嘴角上扬，但眼中全无笑意。"为此，此人故意设计让永岛先生看到那封写给宗彦先生的信,信上说知道宗彦先生和三田女士杀了赖子夫人。由于这封信,永岛先生不得不杀掉二人灭口。"

"……"

"此人复仇的第二步,是将永岛先生的罪行公之于众。为此,此人利用了您和青江先生的聪明头脑,并通过种种方法给您二人提供接近案件真相的提示,那本智力游戏书便是其中一部分。"

"悟净先生,您难道认为……"

"因为有这些提示,青江先生基本找出了真相,但还没有找到决定性证据。于是,此人暗示小丑人偶上可能留有指纹。实际上有没有指纹谁都不知道。说不定摔小丑人偶这件事,都是此人编造出来的。但此人认为,假如青江先生真的因此去调查小丑人偶上的指纹,永岛先生必定会做出反应。然而此举却导致青江先生被害,让人难以想象……"

悟净话音未落,水穗已经开始摇头。她双手捂着脸,说:"这让我怎么相信!"

"这都是我的想象。"悟净说着又换了换拎包的手,"如果继续发挥我的想象力,也许此人的目的并不是简单地揭露永岛先生的罪行,而是,比如通过做对他有利的不在场证明来永久地操控他。换个角度来说,或许这才是最恐怖的复仇。"

水穗突然感到一阵强烈的耳鸣,心脏狂跳得仿佛全身都在颤动。

"但是，一点证据都没有，"悟净仿佛在自言自语，"什么都没有，只能这么想想而已。"

此时，列车从风雪中驶来。这不是水穗要乘坐的列车。悟净拿起了行李，说："我是信任您才告诉您这些。我相信，您一定会把这些深藏在心里。"

说完，悟净伸出右手。水穗凝视了他那没有血色的手掌两三秒，随后伸出右手，握住他的手。

水穗刚收回手，悟净便转身上了车。黑色的大衣隔着车窗不停地摇曳。

像是故意要和悟净乘坐的列车错开一般，水穗要乘坐的列车也驶入站台。

上车时，水穗不禁回头望了一眼。十字大宅应该就在她视线的远方。

她在脑海里想象着屋顶积雪的样子。

小丑人偶视角

　　案件侦破了，我也被悟净带离了竹宫家。虽然和我的离去并没有关系，但那个家庭应该不会再发生什么悲剧了。

　　这真是桩奇案。

　　我第一次被放到走廊上时，走廊交叉处已经摆好镜子。实际上，我那时被放在东侧走廊上。我所看到的男人抱着女孩的情景，是镜子反射的影像。然后，我被跑上楼梯的女人摔到地上，与其说是摔下，倒不如说是她不小心碰到了我，之后，那女人就从阳台跳了下去。接着，我被某人拾了起来，又被放到地上，后来知道那是永岛，但那时我已经被挪到了北侧走廊上。

　　一个很简单又很大胆的圈套，但这些都过去了。

　　我要开始考虑自己接下来要去哪里，不知那里又有什么样的悲剧在等待我。

　　没错。我绝不是什么"招致悲剧的小丑人偶"，反倒是悲剧在等待我的到来。悟净明明也知道这一点。

愿十字大宅里，从此只有幸福降临。

还有一点让我十分在意，就是那个坐在轮椅上的少女。当大家因查出真凶而一片惊愕时，她和我单独待在一起。

她深情凝望着我，眼角流下一滴泪，轻声说道："一切都结束了，妈妈。"那声音中带着一丝慰藉。

她到底在说什么结束了？

只有她那时的话语和神情，还深深地沉在我心底。

图书在版编目（CIP）数据

悲剧人偶／（日）东野圭吾著；杨婉蘅译 .—— 北京：
北京十月文艺出版社，2018.8
ISBN 978-7-5302-1819-8

Ⅰ.①悲… Ⅱ.①东…②杨… Ⅲ.①长篇小说—日
本—现代 Ⅳ.① I313.45

中国版本图书馆 CIP 数据核字（2018）第 080971 号

著作权合同登记号 图字：01-2017-7453

JYUUJI YASHIKI NO PIERO
© Keigo Higashino 1992
All rights reserved.
Original Japanese edition published by KODANSHA LTD.
Publication rights for Simplified Chinese character edition arranged with KODANSHA LTD.
through KODANSHA BEIJING CULTURE LTD. Beijing,China.

悲剧人偶
BEIJU REN'OU

〔日〕东野圭吾 著
杨婉蘅 译

出　　版　北京出版集团公司
　　　　　北京十月文艺出版社
地　　址　北京北三环中路 6 号
邮　　编　100120
网　　址　www.bph.com.cn
发　　行　新经典发行有限公司
　　　　　电话 (010)68423599
经　　销　新华书店
印　　刷　北京盛通印刷股份有限公司
版　　次　2018 年 8 月第 1 版
　　　　　2018 年 8 月第 1 次印刷
开　　本　850 毫米 ×1168 毫米　1/32
印　　张　8.5
字　　数　169 千字
书　　号　ISBN 978-7-5302-1819-8
定　　价　49.50 元
质量监督电话　010-58572393
如有印装质量问题，由本社负责调换。